『神味』说新审美理想理论体系要义萃论

——当代中国『本土化』文论话语体系之建构

于成我・著

本书由聊城大学博士科研启动基金项目资助出版

齐鲁书社

图书在版编目（CIP）数据

“神味”说新审美理想理论体系要义萃论 / 于成我著. -- 济南 : 齐鲁书社, 2018.12
ISBN 978-7-5333-4069-8

Ⅰ. ①神… Ⅱ. ①于… Ⅲ. ①文艺美学－理论研究 Ⅳ. ①I01

中国版本图书馆 CIP 数据核字（2018）第 297388 号

“神味”说新审美理想理论体系要义萃论
SHENWEISHUO XINSHENMEI LIXIANG LILUN TIXI YAOYI CUILUN
于成我 著

主管单位 山东出版传媒股份有限公司
出版发行 齊魯書社
社　　址 济南市英雄山路 189 号
邮　　编 250002
网　　址 www.qlss.com.cn
电子邮箱 qilupress@126.com
营销中心 （0531）82098521 82098519
印　　刷 山东新华印务有限责任公司
开　　本 880mm×1230mm 1/32
印　　张 6.75
插　　页 3
字　　数 120 千
版　　次 2018 年 12 月第 1 版
印　　次 2018 年 12 月第 1 次印刷
标准书号 ISBN 978-7-5333-4069-8
定　　价 28.00 元

内容提要

“神味”说乃于成我(于永森)以诗学为最初之贯彻领域、表现形态(现已延展至所有文艺领域),以突破、超越中国传统文艺旧审美理想“意境”理论,建构新审美理想为根本宗旨之理论创造,为王国维“境界”说后百年而来唯一基于作者之创作实践、批评实践、理论研究实践,以中西文论之广阔视域为参照,建构并呈现为“本土化”、系统化、逻辑化,深具“现实性”指向、品性之新审美理想理论体系,其理论探索、建构、阐释,迄今已逾廿载。其产生之背景,则20世纪以后中国文艺之主流已然不以“意境”为最高最上之追求,传统文艺已然有以“神味”为最高最上之追求者,20世纪以来新审美理想“缺位”及文论“失语症”“强制阐释”益为深重之事实。

“神味”说与“意境”理论根本区别甚多，如：“神味”说以批判王国维“境界”说之以“无我之境”为最高境界为基础、切入点，揭示其内里所隐藏、寄寓之以消极、柔弱、平和意蕴为主之中国传统文化思想，推导出“有我之境”“无我之境”“无我之上之有我之境”为文艺逐次而高之三种境界，以“无我之上之有我之境”为文艺之最高境界，而“意境”以“无我之境”为最高境界（以王国维之“境界”说为代表形态）；“神味”以超出于“有无之辨”之二元辩证思维之“三段式”思维为根本，而“意境”则以老庄哲学之“有无之辨”之二元辩证思维为根本；“神味”以“将有限（或局部）最佳化”为根本之思维方式，其特征为“以小见大”，而“意境”以“以有限追求无限”为根本之思维方式，其特征为“以少总多”；“神味”以“细节”为建构之基本单位，“细节”之本质特征为“不可复”，乃无限丰富、复杂、深刻之现实世界社会民生意蕴之凝集，为“无我之上之有我之境”及“将有限（或局部）最佳化”内外合一之最佳载体，而“意境”以“意象”为建构之基本单位（最小质素、最小单位），“意象”之本质特征为“可复”（“意象”之能建构成熟之意境，有赖于其本身之成熟，然“意象”成熟之后，即陷入“可复”之境界，此一问题不得解决，乃遂导致唐代而后吾国诗歌之每况愈下），乃现实世界之“物性化”“狭隘化”，为“无我之境”及“以有限追求无限”内外合一之最佳载体，相较而言，“细节”之质量更高；“神味”之最高诗性为“叙事性”（以“叙事性”为主，可兼容“抒情性”），其本质为“主体性”之“现实性”，其最佳载体为“细节”，“细节”之质量标准为“九度”（密度、力度、强度、深度、高度、厚度、广度、浓度、色度），其最高境界为结晶态势之质变，而“意境”之最高诗性为“抒情性”（以“抒情性”为主，“叙事性”极少），其本质为“主体性”之“现实性”之弱化，其最佳载体为“意象”（“情景”），“意象”之质量标准为情景交融、虚实结合、动静结合，其最高境界为严羽所言之“兴趣”即外在各要素之最佳凑合；“神味”可涵盖“叙事性”文艺之最高境界，故可适用于诗歌、小说、戏剧、影视、杂文、漫画、网络段子诸文体领域，而“意境”则不可涵盖“叙事性”文艺之最高境界，其最适用之领域为艺术（如山水画、园林）或文学中之抒情诗；“神味”之最高意蕴为主体之“豪放”之精神（其理想、实现及文学中之表现），即“现实性”精神、批判之精神，见为人之主体性力量抗争（讽刺、揭露、批判）不合理甚或荒诞之人自身所造成之社会层面之束缚、压抑乃至摧残，以冲决、超越旧而僵化保守之思想、秩序、社会形态为的，以彰显人之高贵之主体性、人性与生命之庄严邃美，成就“无我之上之有我”层面之个性，而“意境”之最高意蕴则为老庄、禅宗哲学义理（其理想、实现及文学中之表现），以人之主体合乎自然之层面（“天人合一”“物我合一”）为的，其关涉社会之层面者亦无不以合乎自然之层面之根性为最高原则，取美而弃切乎现实之真、善，无限削弱主体之“现实性”精神、批判之精神，以求弥合、压制世俗之现实世界之矛盾、冲突，以维护其既有不合理甚或荒诞之社会现实、秩序、利益格局，见为僵化、保守之思想、思维态势；“神味”之最高风格以壮美为主，尤以“深闳伟美”、磅礴浩荡之悲剧性为主为上，又以喜剧性最大限度以活其形式而更益其悲剧性，而“意境”之最高风格以优美为主，尤以平和、超旷、空静、淡逸为主为上，虽或意蕴能见为悲剧性，然形式乏喜剧性，其悲剧性亦难臻极致；“神味”以豪放烂漫、淋漓尽致之表达方式为主，故能于诙谐、夸张、象征之义，能于大写意，而“意境”以含蓄蕴藉为主，求言外之意、韵外之致、味外之旨，仅能至于写意之境；“神味”为大雅大俗之美，其根性为“现代性”，其所寄托者为主体之在世俗之现实世界提升历程之中所凝集之无限丰富、复杂、深刻之社会民生意蕴，而“意境”为大雅之美，其根性为“复古性”，其所寄托者为中国传统文化思想熏染之文人、士大夫精英阶层以“雅正”为主之审美意识、趣味；“神味”以矫正、弥补中国传统文化思想之弊端、缺陷、不足为根本态势，并以探索、建构新文化主义思想为根本宗旨，“意境”以固守、强化、狭隘化中国传统文化之弊端、缺陷、不足为根本态势，于文化及理论本身乏深刻之反思性，根本原因为以物为本（而非以人为本）之利益固化，故乏“现实性”。

又西人之“典型”理论，较之“神味”说理论体系，其失至少有三：不能涵盖“神味”艺术境界最高境界之所有领域、文本形态；其艺术建构虽以“人物形象”（性格）为核心，而其最高境界则趋指于共性意蕴；“典型”理论无特定崇尚之最高意蕴，乃“技”而非“道”之理论境界。

凡此上述所论之种种，均足证“神味”乃高出于“意境”“典型”两大旧审美理想并昭示、引领未来文艺最高境界之新审美理想也。

ABSTRACT

The Essentials of the "Spiritual Implication"("神味"): A New Aesthetic Ideal and Its Theoretical Framework

As a new theory first put forward by Yu Chengwo(Yu Yongsen), the "Spiritual Implication"("神味") is a new aesthetic ideal which based itself on poetics as the initial implementation domain and manifestation (which is now extended to all areas of literature and art) as well as an attempt to break through and surmount the "Artistic Conception" ("意境") theory-the traditional aesthetic ideal in Chinese traditional literature and art. Based on his creative practice, critical practice, and theory research in the past twenty years, the new aesthetic ideal is the only theoretical system proposed after Wang Guowei put forward the "Realm" ("境界") theory over 100 years ago, which has the characteristics of localized, systematic, logical dimensions and realistic significance in the context of Chinese and Western history of literary theory. It grows out of the fact that the mainstream of the Chinese literature and art in the 20th century has cast away the "Artistic Conception"("意境") theory as its highest and supreme ideal, while the traditional Chinese literature and art have valorized the "Spiritual Implication"("神味")theory as its supreme goal, and that the new aesthetic ideal was missing in the 20th century and the Chinese theory of the literature and art are increasingly in the grip of aphasia in face of the West and compulsory interpretation.

The "Spiritual Implication"("神味") makes contrast with the "Artistic Conception"("意境") in various ways. For instance, the "Spiritual Implication"("神味") theory starts with a critique of Wang Guowei's "Realm"("境界") theory and presents "Selfless State"("无我之境") as its supreme realm by exposing its negative, weak, peace-based implication inherent in traditional Chinese culture, and deduced the “Self State”(“有我之境”), the “Selfless State” (“无我之境”), and the “Self State above Selfless State” (“无我之上之有我之境”) which are the three realms of literary and art ranking from low to high. On the contrary, the “Artistic Conception”(“意境”) theory hold the “Selfless State” in high esteem. The “Spiritual Implication”(“神味”) theory bases itself on a three-stage way of thinking which is beyond the dichotomy of “being and not being” (“有无之辨”) in dualistic dialectics; nevertheless, the “Artistic conception”(“意境”) theory takes the “being and not being”(“有无之辨”) as its fundamental way of thinking. With the optimization of finitude or portion as the fundamental way of thinking, the “Spiritual implication”(“神味”) theory features seeing the whole through details; by contrast, the “Artistic Conception” (“意境”) theory attempts to pursue infinitude through finitude, extracting the general through the particulars. Details function as the basic unit in the construction of the “Spiritual Implication”(“神味”) theory, which are unrepeatable. They epitomize the infinite richness, complexity and profundity in society and the real life of people, and embody the "Self State above Selfless State"("无我之上之有我之境") and the way of thinking of optimizing finity or portion by reconciling inside with outside. On the opposite, the basic unit in "Artistic conception" ("意境") theory is image with repetition as its intrinsic feature (Image can be used to construct the more mature "Artistic conception"("意境") theory, and therefore falls into the repetitive situation so that it resulted in the deteriorating of poetry since Tang dynasty.) It reflects the materialization and parochialism of the real world, and embodies the "Selfless State"("无我之境") and "pursuing infinity through finity as an unity of inside and outside". The supreme poetic quality of "Spiritual Implication"("神味") theory is its narrativity (which dominates but is compatible with lyricism). Reality is its intrinsic quality, and details are its best carrier which are delimited by nine dimensions (density, intensity, intensity, depth, height, thickness, breadth, concentration and color), the supreme form of which is the qualitative change presented as state of crystallization. But lyricism which means lyricism dominates while narrativity is meager is the supreme poetic feature of the “Artistic conception”(“意境”) theory. Its intrinsic quality is the weakening of subjectivity and its best carrier is image(feelings and scene). The image of the highest level is a blended state of feelings and scene, unreality and reality, animate and inanimate, exemplified by “Interest”(兴趣) theory upheld by Yan Yu who infuses all external factors into one image. The “Spiritual Implication”(“神味”)theory dwells in the supreme realm above narrative literature and arts so that it could be applied to such genres as poetry, novels, drama, film and television, essays, comics, network scripts, while the “Artistic conception”(“意境”) theory cannot do that, and is usually used to analyze the art(such as landscape painting, garden art) and the lyrics. The supreme implication of the “Spiritual Implication”(“神味”) theory is the “Bold and Unconstrained”(“豪放”) spirit within human beings, that is, the realistic and critical spirit. It is manifest of human being's subjectivity to protest against (satirize, expose, critique) the social dimension caused by the unreasonable or absurd people, rebel the constrictive, repressive and even destructive forces in society, and break and transcend the old, rigid, conservative ideology, order, and social forms, so as to highlight noble subjectivity, humanity, beauty and solemnity of life, and to achieve the unique "Self State above Selfless State" ("无我之上之有我之境"). The supreme implication of the "Artistic conception" ("意境") theory is the Taoist and Zenist Idea (ideals and literary representation). It aims at merging human being and nature ("the unity of man and the universe", "oneness between object and ego"), and its supreme principle is that the social content accords with nature. It mainly seeks beauty at the expense of truth and goodness in reality, and infinitely weakens the realistic and critical spirit in human being by aiming to bridge the contradictions and conflicts of the secular world, maintaining its unreasonable or absurd social reality, order, interest pattern, and retain the rigid, conservative thinking and mental inclination. The "Spiritual Implication" ("神味") theory gives priority to the magnificent beauty, and advocates the style of "profound, grand, great and beautiful" ("深闳伟美") and majestic. However, the "Artistic conception" ("意境") theory gives priority and highest position to the graceful beauty, especially the placidness, broadmindedness, void and tranquil style. Its implication can manifest the tragic but can't achieve the supreme realm due to the lack of comic in form. The "Spirit implication"("神味") theory advocated the "Bold and Unconstrained"("豪放"), unaffected, incisive and vivid way of expression so that it may achieve the humorous, exaggerated, symbolic and even great freehand effects. The "Artistic conception"("意境") theory advocates implicit ways of expression which pursues subaudition, purpose beyond tastefulness and effectiveness beyond lingering charm, and achieves freehand brushwork effects at best. The "Spiritual Implication"("神味") theory is a great vulgar and elegant beauty which roots in modernity, demonstrating the infinitely rich, complex, profound meaning in the people's livelihood in the course of writers' and artists' representation of the secular world. The "Artistic conception"("意境") theory is a great elegant beauty which tries to restore the ancient aesthetic ideal. It represents the aesthetic consciousness, and aesthetic taste of the traditional elegant legitimism in ancient Chinese literati and scholar-bureaucrat. The "Spiritual Implication"("神味") theory aims to rectify, revise the dross in traditional Chinese culture and to explore and construct the new cultural ideals, but the "Artistic conception"("意境") theory adheres, strengthens the defects, deficiencies in Chinese traditional culture, and the lack of profound reflection of culture and theory. It weakens the reality of literary and artistic works due to its material-oriented rather than human-centered inclination in traditional Chinese culture.

Moreover, compared with the "Spiritual Implication"("神味") theory, the western Typical Theory is defective in three aspects: it cannot cover all areas of art, and text forms; despite "character image"(character) as the core, it is apt to value universality; it gives up a concrete ideal, and is only a "Skill" rather than a "Tao"("道").

All aforementioned can testify the "Spiritual implication"("神味") theory is a newer aesthetic ideal higher than the older ones-western Typical Theory and the "Artistic conception"("意境") theory, and can predict the new aesthetic ideal of Chinese literature and art in future.

目 录

附　录

绪论 | ▼

以“问题”为切入点建构中国当代文论话语体系

——以“神味”说新审美理想理论体系建构的逻辑理路为例

为了全面、深入、有效地理解“神味”说新审美理想理论体系要义萃论及此理论体系本身,笔者先在此交代、阐述一下“神味”说理论体系建构的逻辑理路,并就建构具有“本土化”品性的中国当代文论话语体系这一最为重大也最为迫切的理论问题谈点看法。实际上,前者是在后者的大背景之中进行的,也是后者在理论创造的实践层面的一个具体个案。

一、当代中国文论的“失语症”现状与话语体系建构的困难

毋庸讳言,理论话语体系的建构是一件极其困难的事情,但从另一个方面来说,对于 20 世纪以后尤其是当代中国而言,它又是一个无法回避的理论任务。中国现当代文论是如此缺乏理论的原创性、“本土化”品性,缺乏理论体系的建构,从而丧失了自己的话语权,缺少与西方世

界交流的"尖端武器"。所幸20世纪90年代以来,中国美学、文论界已经逐渐开始认识到了自己的缺陷,提出了"失语症"①问题,表明在思想意识方面已经有所觉醒。但20多年过去,这个问题并没有得到多少实质性的进展,对于中国美学、文论的理论话语丧失问题,国人正变得越来越焦虑。如孙绍振指出:"中国近百年的文论史,在很大程度上,是西方文论的独白史。全盘接受西方文论,导致了对民族独创性这一目标的遗忘。"②黄应全先生也认为:"'原创性'的确是一个令当今中国学术界最为头疼的事情。可以毫不夸张地说,中国学术界(甚至包括自然科学界)普遍存在一种'原创性焦虑',即对不依傍于人、自出胸臆创造能力缺乏的深深不安。……这种对原创性的殷切渴望与它在当代学术界实际的缺乏形成了强烈的反差,反过来又加剧了中国学术界对原创性的需要。不与

① 1995年及其以后几年,曹顺庆提出中国文论"失语症"和"重建中国文论话语"的话题,指出在中国现当代文坛上,"我们患上了严重的失语症。我们根本没有一套自己的文论话语,一套自己特有的表达、沟通、解读的学术规则"(《中外比较文论研究的基本目标与重建中国文论话语》,见钱中文、杜书瀛、畅广元主编《中国古代文论的现代转换》,陕西师范大学出版社1997年版,第317页)。曹顺庆最早提出"失语症"的文章是《21世纪中国文论发展战略与重建中国文论话语》(《东方丛刊》1995年第3期)。

② 孙绍振:《从西方文论的独白到中西文论对话》,载《文学评论》2001年第1期。

外部交流的时候感觉似乎还好,一与外部交流立即发现属于自己的东西几乎没有。贩卖中国古代的东西也可视为这种现象的间接反映。当今中国学术已经不可避免地需要与外部尤其是西方交流,于是原创性,中国学者自己独自创造的能力,就变成了衡量一个学者最重要的尺度。”①可以说,缺乏思想意识的更新,缺乏为人类文明高端化增砖添瓦的理论创造,并且不知如何改变这一态势,中国百年之痛,莫过于此!② 这其中,学术体制的诸多弊端(既得利益者刻意回避、阻断真正的创新;功利化、庸俗化;学术成果发表、出版平台及学者的生存平台等级化等)和学术风气(抄袭、变相抄袭成风;学术研究低水平重复等)等一系列现实问题,又为理论创新与传布增添了很大障碍。

对于当代中国理论话语体系建构的“原创性”“本土化”焦虑,已经上升到了国家层面,比如习近平指出:“要高度重视和切实加强文艺评论工作。……文艺批评要的

① 见 http://huangyq. blogchina. com/989886. html。

② 有关中国文论发展的若干问题,笔者已在《中国美学三十年》下册第四编第九章中做了较为详细的论述(杨存昌主编,济南出版社 2010 年版,第 797 - 824 页),此处不再赘论。在丧失理论话语权的态势下,中国古代美学、文论界提出了古代理论的现代转换的问题,而这个所谓的“转换”,核心仍然是诠释而非创造。

就是批评,不能都是表扬甚至庸俗吹捧、阿谀奉承,不能套用西方理论来剪裁中国人的审美。"①随后学界迅即做出了反应,比如中国文艺理论学会第十二届年会"百年文学理论研究中的中国话语"学术研讨会2014年10月底在北京召开,中国中外文艺理论学会第十二届年会暨"当代中国文论的话语体系建构"学术研讨会2015年10月23日在湖北大学召开。这些情况说明,理论话语体系创造已经成为当代中国一个无法回避的"国家任务",是理论界的最高任务,所有理论工作者必须对此有所动作。

综观20世纪以来并不算缺乏学术大师的中国,在理论话语体系创造的领域却束手无策,一些学术大师、大家在专门的治学领域成就斐然,或在理论问题的某些方面的研究、阐释做出了巨大的贡献,但他们无一例外均没有真正的原创性的理论体系创造。② 从理论话语体系可能

① 习近平:《在文艺工作座谈会上的讲话》,《人民日报》2014年10月15日第2版。

② 杨守森先生曾归纳过文学批评的四重境界,他认为:"从第四重境界来看,在百年来的中国文学批评史上,我们还找不出一位像刘勰、巴赫金、赛义德那样具有独立思想创造的批评家。即使像王国维、别林斯基那样能够提升前人理论的批评家,大概也只有一位胡风先生,能够算得上。……从第三重境界来看,像李长之、龙应台、胡河清这样水平的批评家也不多见。"(《文学批评的四重境界》,《文史哲》2006年第1期)杨先生在文中也表示了由于历史原因胡风理论未能最终得到进一步发展的遗憾。这种遗憾,实际上使得胡风的理论还未成熟,即未达到最高的第四重境界。

产生的几个领域来说,中国学界的表现可以分为这样几种情况:(1)在美学层面,20世纪以后的中国美学,基本上是一个介绍、阐释、运用西方美学的态势,且美学研究偏于西方理论,尤其是西方近现当代美学理论,对于中国古代美学的研究仍然比较薄弱;(2)在文学理论层面,许多人并没有明确的意识来建构一个理论话语体系,尤其是古代文论研究领域:“自从二十世纪初叶王国维发表意境、境界说以后,二十世纪初叶至二十世纪末八十年间出版的多种文学批评史著作大都写到‘五四’以前,以王国维为殿军。撰著者们一般只对古代文学理论资料进行收集、诠释和评价,即在书中说明古代文学理论的内容,判断它们的价值,确定它们的历史地位,不再继续古人进行理论创造。大概撰著者约定俗成地认为,古代已成为过去,自己的工作只是类似博物馆解说员的历史旁观者的角色,他们的批评史著作也就不约而同地形成了固定的模式。”①在现当代文艺理论研究与批评层面,绝大多数人也都喜欢采用前人既有的理论(无论中西)来进行相关的理论活动,并没有明确的意识来建构一个理论话语体系,

① 刘良明:《评王文生教授的〈论情境〉》,《文艺理论研究》2002年第2期。

现当代文艺理论研究与批评领域存在着与上述美学层面同样的问题。(3)文艺创作层面。由于20世纪以来文艺理论研究的亦步亦趋西方而形成了以学院派学术为代表的枯燥而不实用的理论研究、阐释态势,从而导致创作者对理论抱有一种相当的反感和拒斥情绪,又由于文艺创作者不一定是理论家的传统态势,导致了在文艺创作界根据创作实践总结、升华出理论话语体系的可能性减少到了最低限度。面对西方学术擅长逻辑思维、体系林立和中国传统文论缺乏系统的逻辑思维表现形态的现实,绝大多数人抱有建构理论体系没有必要的虚无态度或深知理论体系建构非常复杂、困难因而畏惧逃避的态度。但实际上,只要方法得当,理论话语体系的创造并没有像我们想象中的那么难,何况,理论体系有大小①,并不是一谈到理论体系,它就一定是庞然大物。从某种意义上来说,体系不过是系统地解决现实的实际问题的理论化,也只有系统化地解决问题,才能将问题解决到最好的境界,

① 2015年10月在武汉召开的中国中外文艺理论学会第十二届年会暨“当代中国文论的话语体系建构”学术研讨会上,刘月新先生提交了《当代中国文论话语体系建构的三个原则》一文的发言摘要,提出当代中国文论话语体系建构的三个原则是价值论原则、现实性原则和小体系原则,其中的小体系原则即非常富有启示意义。

作为一种哲学逻辑思维也好,作为一种方法论也好,体系化解决是解决问题的最高境界。中国在20世纪以后并不缺乏哲学思维的体系化,因此如何成功建构其当代中国的理论话语体系,以更好地融入整个世界的话语体系之中,并引领中国文艺创作的未来,最为迫切紧要的是方法论层面上的深刻体认,即从方法论的层面来说,这是一个需要在具体操作层次上必须要解决的问题。

从具体操作的层面来说,建构一个理论体系的最好方法,乃是以“问题”为切入点考虑问题和进行操作,对此,有的学者也是有明确的认知的,比如黄应全先生认为:“以我的浅见,达成学术原创的要害乃是围绕问题展开。具体地说,就在于提出别人没有提出过的问题进而得出别人没有得出过的结论,或就别人已经提出的问题给出别人未曾想到的答案。但是,有一个前提:必须是合乎学术理路的。”①以问题为切入点,可以如同一粒种子一样,以逻辑为支撑,逐渐向外多层次多角度发展,即由小到大、由少到多,逐渐生发出一个理论体系。在美学或文论(尤其是古代文论)领域,也有一些学者建构了理论体系,但它们或者仍然套用西方文论,按照某个角度或核心线索

① 见 http://huangyq. blogchina. com/989886. html。

来做一个翻版，或者依据西方学术的逻辑思维，按照某个角度或核心线索将中国古代文论的一些内容重新“串”了起来，其结果是缺乏理论体系内在的生成性，缺乏理论话语体系应有的思想性创新，均停留于泛泛而论的一般性意蕴层次，停留在“知识系统”整合、呈现的层次、境界，从而造成了理论的“空对空”现象，缺乏现实针对性，也在根本上缺乏“原创性”“本土化”和“民族性”的理论品性。

二、“神味”说新审美理想理论体系建构的逻辑理路的五大层次

笔者从1997年左右开始创构“神味”说新审美理想理论体系，1999年末大体创构完成，其后续的理论延展和阐释工作则一直持续到现在（笔者特殊的人生经历导致相关成果正式面世较晚，大约滞后十年左右）。“神味”说理论系王国维“境界”说之后中国文论唯一呈现为“原创性”“本土化”“民族性”和“现实性”品性的理论体系，其相关成果已经大约发表或出版了三分之一①，已经大体完

① 已出版的著作和发表的代表性论文有：《诗词曲学谈艺录》（齐鲁书社2011年版）、《聂绀弩旧体诗研究》（四川大学出版社2012年版）、《漱玉词评说》（阳光出版社2013年版）、《诸二十四诗品》（阳光出版社2014年版）、《稼轩词选笺评》（阳光出版社2015年版）、《元曲正义》（台湾花木兰文化出版社2018年版）、《论豪放》（台湾花木兰文化出版社2018年版）、《张若虚〈春江花月夜〉研究》（西南交通大学出版社2018年版）、《新审美理想理论体系建构——“神味”说诗学理论要义萃论》（朱志荣主编《中国美学研究》第五辑，商务印书馆2015年版）等，尚未出版的重要著作则有《论“神味”》《论意境》《王国维〈人间词话〉评说》等。

成了对于“神味”说理论的建构与阐释,并且由最初以诗学理论体系为主的形态,逐渐延展到小说、戏剧、影视剧、杂文等文体领域,具有了广泛的普适性。由于“神味”说理论体系的规模比较庞大,故在此笔者不想具体介绍其相关理论观点(较为系统的观点详见本书的主体内容),而只想从理论话语体系建构的方法层面,大体阐说一下此一理论体系建构的逻辑理路——这显然比单纯介绍某一理论体系的理论观点更有针对性,也更有普遍意义。

“神味”说新审美理想理论体系建构的最高切入点是审美理想的更新问题,学界有不少研判审美理想在文论中的重要地位、价值及探讨中国 20 世纪以来审美理想的“缺位”或“迷失”问题的成果,因此针对此一情势自然展开的问题就是新审美理想的确立,其面对的乃是中国古代最具有代表性的审美理想理论形态——“意境”理论。“意境”理论的研究已经相当成熟,若干成果可以直接采用。“神味”说新审美理想理论体系要想建构成功,就必须要在整体上全局性地突破、超越“意境”理论,而学界公认的“意境”理论的集大成者是王国维,“境界”说是“意境”理论的集大成形态。因此,笔者最初即从王国维的“境界”说理论发现能够作为“神味”说新审美理想理论体系建构的基础的基本学术“问题”的——这就是王国维在托名樊志厚所做的《人间词乙稿序》中所说的“南宋词人之有意境者，唯一稼轩，然亦若不以意境胜”①，对于王国维的此一阐述，可以有多方面、多角度的思考、延展，比如对此最基本的反应应该是：为什么会是这样？是稼轩词本身的问题？还是“意境”理论的问题？如此一来，就发现了“问题”：即考虑到在稼轩词艺术成就极为杰出（辛弃疾为古今第一词人，学界主流已达成共识②）的前提下，它既然不以“意境”胜，那么是以什么艺术境界胜呢？换言之，从另一个角度考虑的话，即“意境”涵盖不了稼轩词的最高境界，也就是说，实际上在“意境”之外，至少存在另外一种艺术境界，与“意境”本质上不同，但又非常之好，这种新艺术境界是否可以成为突破、超越“意境”的新审美理想？对于这些“问题”的整体思考和解决，构成了“神味”说理论体系创构的最初基础。

基本问题确立，接下来的就是对于这个基本问题的逻辑延伸，而延伸的原则，则是能够最终解决这一基本问

① 王国维：《人间词话》，上海古籍出版社 1998 年版，第 77 页。

② 关于稼轩词的成就和地位，拙著《稼轩词选笺评》一书的引言有详细阐述。见阳光出版社 2015 年版，第 1－2 页。

题,在这个时候,一个理论体系的建构还不是必然的。由于“意境”理论本身头绪繁多,因此逻辑延伸的第一步,就必须是紧紧围绕稼轩词的艺术境界继续切入,即考虑“意境”为何涵盖不了稼轩词的艺术境界?肯定是稼轩词有其独到的特色。因此必然的逻辑延伸就是,稼轩词的艺术特色是什么呢?很幸运,逻辑延伸到这一步,学界已有的研究成果足以支撑解决此一问题——对于稼轩词独到的艺术特色的认知,必须要从其艺术境界的最高境界来进行,显然,稼轩词最高境界的最为突出的特色,就是其在“豪放”的境界上走向了词的巅峰(超过了苏轼),稼轩词的最大特色是“豪放”。而接下来的逻辑延伸就必然是:为何“意境”理论涵盖不了稼轩词的这种“豪放”特色?这就势必要考察“豪放”本身的特色,学界对此的相关研究成果也仍然足以支撑解决此一问题,为了更好更深入地研究此一问题,笔者以博士学位论文的形式撰写了《论豪放》,对“豪放”进行了首次全面而系统的研究,得出的结论与本书此处所论相关的是“豪放”的一个最根本的特点,这就是其主体性精神极为突出而强烈,而这正是“意境”理论所涵盖不了的——如果再考虑到“意境”理论的集大成形态“境界”说是以“无我之境”为最高境界的,就更可以看出问题所在,“无我之境”是缺少突出、强烈的主体性精神的,根本无法涵盖稼轩词的最高艺术境界、艺术特色。逻辑延伸到这里,实际上已经可以看出“意境”理论本身存在的缺陷了。因此,要想涵盖稼轩词的最高境界,中国传统文艺的旧的审美理想(“意境”理论)已经不能解决此一问题了,这就必然在逻辑的层面延伸出这样一种思路:必须要用新的审美理想来涵盖、概括稼轩词的这种最高境界、艺术特色。逻辑延伸到此,一个新的理论体系的建构的可能性就确立起来了——这可以算“神味”说新审美理想理论体系建构的逻辑理路的第一个层次。

上述逻辑延伸,仅仅确立了一个新的理论体系建构的“可能性”,要将这种“可能性”转化为“现实性”,这就需要对“意境”理论的相关缺陷进行弥补或突破。根据上述逻辑延伸,接下来的逻辑延伸必然就是要首先突破“境界”说理论的最高境界“无我之境”,即新审美理想艺术境界就必须突破、超越“无我之境”,才可能在现实上确立,因为审美理想的根本维度是“高度”的更新性,新审美理想对于旧审美理想而言,在根本上就是在“高度”上前者比后者更高。那么,什么境界比“无我之境”更高呢? 显然这是一个哲学问题,笔者根据哲学上对于自我境界的不同认知,发现了王国维《人间词话》“境界”说的“有我之境”“无我之境”二分法是存在重大缺陷的,即二分法的二元辩证思维往往解决不了对立的两个事物或境界的高下问题,比如最简单的一个道理就是人分男女,但男女孰高孰下,实无争辩之必要。比二分法更为先进、科学的是三段式哲学思维,在古今中外,利用“三”这种最简单的思维形态来概括、阐释不同的境界的例子是很多的,比如蒋捷《虞美人》词喻拟的人生三境界、管仲姬《我侬词》喻拟的爱情三境界,以及禅宗大德青原惟信著名的“山水”之喻三境界说和黑格尔的“否定之否定”逻辑思维,等等。王国维在《人间词话》第 26 则中也喻拟过“成大事业、大学问”的三种境界,但可惜的是他在此仅仅是喻拟,而没有将此三段式逻辑思维贯彻到“境界”说的建构、阐释之中,其“境界”说的建构、阐释的根本逻辑思维是二分法,除了“有我之境”“无我之境”外,还用了诸如“造境”与“写境”、“优美”与“宏壮”、“本”与“末”等二分法逻辑思维。假如用三段式哲学逻辑思维来进行观照“有我之境”“无我之境”,那么王国维显然漏掉了一种境界,这就是问题的实质所在。根据三段式逻辑思维,笔者推导出了“无我之上之有我之境”,即形成逐次递进提升的“有我之境”“无我之境”“无我之上之有我之境”的逻辑序列，其中“无我之上之有我之境”是比“无我之境”更高的境界，因为在“无我之境”之上突出了“有我”的价值品性，因此稼轩词的最高境界、艺术特色的“豪放”的根本特色即极为强烈的主体性精神姿态、色彩，就可以被很好地纳入和得到概括了，“意境”理论的缺陷得到了解决，而“无我之上之有我之境”，也就成为相对于“意境”理论的新审美理想理论的一个有效逻辑延伸，从而成为“神味”说新审美理想理论体系的一块理论基石——这可以算“神味”说新审美理想理论体系建构的逻辑理路的第二个层次。

“无我之上之有我之境”能够涵盖、概括“豪放”，“豪放”是“无我之上之有我之境”的最高境界。“豪放”作为中国古代美学的一个重要范畴，它不仅仅存在于风格论层次，也存在于更为本质的思想精神层次。在思想精神层次，“豪放”的最本质的内涵是“不受拘束”，即能够突破僵化、保守的传统以及这种传统所维系的现实世界，“豪放”的主体能够具有这种突破能力的根本，就是对于现实的深切关注乃至直接的现实性改变。从创作与现实的辩证来看，稼轩词之所以能够达到“豪放”词的最高境界，其最大特色是突出、强烈的主体性精神，其最高境界是“无我之上之有我之境”，而这些要素的成就，综合起来讲就是主体更为积极地关注、表现现实世界的社会民生意蕴的结果。而且，不单是稼轩词，凡是能表现为“豪放”境界、风格的作品文本，比如杜甫的一些诗歌、关汉卿的杂剧，都是如此；由于“豪放”的基础是关注现实，不满现状，因此一些表现、揭露、批判现实的作品文本，如汉代的叙事诗、李白的诗歌、白居易的诗歌等等，也无不如此。这种能够延展的普适性，就为新审美理想艺术境界的理论建构提供了最基本的作品文本支持。假如再进一步进行逻辑延伸的话，那就会发现创作主体对于现实的极大关注，表现到作品文本中来的最好方式是“叙事”，而不是“抒情”。因此问题来了——假如回应上述所论王国维直觉感到“意境”理论并不适用于概括稼轩词的话，那么我们就可以通过“意境”理论所适用的最主要的文本体裁——诗歌本身，来认识“意境”理论的不足。在中国古代，诗歌显然主要是以“抒情诗”为主的，“叙事诗”非常不发达。通过“抒情诗”考察“意境”的生成，我们就可以发现，从“意境”理论的内部建构来看，建构“意境”的主要质素“意象”在成熟了之后会大量、反复重复，从而导致陈辞滥调的现象,使得诗歌创作越来越脱离现实,生命力越来越少,造成了唐诗之后中国古代诗歌整体上的每况愈下。而在这个诗歌整体内部的调整,即从诗到词(尤其是稼轩词)到曲的过程,也就是诗歌的“叙事性”不断加强的过程,其高峰是元曲中的剧曲——当然,“叙事性”的加强并不意味着“抒情性”的必然弱化,而“叙事性”的加强,就使得主要由“意象”建构“意境”的基本态势出现了变化,即出现了其他因素建构“意境”之外的艺术境界的情形,而稼轩词的艺术境界正属于此种情形。笔者通过理论研究和总结,发现了在“抒情性”主要依赖“意象”建构“意境”之外的天地,即“叙事性”主要依赖“细节”来建构“意境”之外的更高更新的审美理想艺术境界,即在最基础的建构艺术境界的基本单位、质素层面,笔者发现了与“意象”相对的“细节”这一事物,而“细节”即上述创作主体强化作品文本中的现实关注的最有效手段,最终以“细节”为主、为基本单位建构的不同于以“意象”为主、为基本单位建构的“意境”的新艺术境界,笔者命名之为“神味”,即一种新的审美理想艺术境界。而由“意境”理论主要对应抒情文学,相应推导出“神味”说理论的对应对象当以叙事文学为主(更确切的表述是当以叙事性强的作品文本为主),由德国人莱辛《拉奥孔》一书辨明的诗的最高境界高于绘画(雕塑)的最高境界及宗白华阐释“意境”理论而着重在艺术,确论“意境”最适用的领域为艺术而非文学,故其最高境界不能涵盖文学的最高境界,这就又从另一个理论研究领域进一步论证了“意境”之外是有更高的审美理想艺术境界的。——这可以算“神味”说新审美理想理论体系建构的逻辑理路的第三个层次。

发现“细节”对于“神味”说新审美理想理论体系的建构具有里程碑式的重大意义,它作为一个理论体系的外在逻辑形式“灵魂”,与内在的思想逻辑“无我之上之有我之境”的哲学提升,共同为“神味”说新审美理想理论体系的建构成功提供了强大保障。或许有人要问:“细节”明明摆在那里几千年了,怎么就是笔者发现了“细节”呢?古往今来,也有诸多分析、探研与叙事相关的理论问题的学术成果,但只是将其作为一种既有的现成事物拿来使用,却很少有人从理论角度、高度去深入深刻地理解、阐释并建构有关“细节”的本体理论,没有人在理论上进一步提升“细节”的内涵,导致我们对“细节”的理解总是基本停留在一个平面上。而笔者的“发现细节”,就是不但对“细节”做了深入深刻的理解,对“细节”理论进行了系统的阐释、建构，以“细节”为基本的区别质素建构起了与中国传统文艺旧审美理想“意境”理论不同的新审美理想“神味”说理论体系，而且将其作为一种理论体系的“核心”要义之一，作为一种理论体系在形式逻辑层面及其所推崇的作品文本最高境界在外在形式、形态层次的核心灵魂要素，并由之建构起一种理论体系的大厦。此外，经过与“意象”的系统对比，还确立并强化了“细节”理论的基本意蕴、内涵，确立了评价“细节”质量的标准（“九度”：密度、力度、强度、深度、高度、厚度、广度、浓度、色度），区分了“细节”的不同层次的形态，等等。具有了独特而深刻的理论意蕴之后，“细节”就成为观照、研究事物的一个最好的“角度”，从这个“角度”多方面、多层次地延展开去，就有可能解决一个系列问题或形成一个理论体系（哪怕是小型的）。而类似“细节”之类的常识只有放置到一个理论体系的系统之中，其真正魅力才能显现，才能凸显出其独到的理论特色与理论价值！而这，就是发现“细节”的真义所在。

“细节”能够建构新的审美理想艺术境界，也能够解释为何明清时期小说取代诗歌成为中国古代文学发展的主流文体形态，其根本原因，仍然是“细节”能够体现更强的“叙事性”,因而体现出更强的“现实性”①;而在思想精神层面,则是由于“意境”理论所依赖的思想精神的缺陷和不足。因此,接下来的必然的逻辑延伸就是考察“意境”理论所依赖的思想精神的缺陷和不足,从而彻底扫清新审美理想理论体系建构的障碍,因为一种理论话语体系的建构,在最高最本质的层面上,一定是关涉思想、精神的。笔者经过研究发现,从“意境”所依赖、体现的文化思想层次来看,因为“意象”之中的意蕴基本成熟而固定,从而导致“意境”也大多非常相似地不断大量、反复重复,其重复的最高境界的归依,仍然是以文人、士大夫精英阶层以雅正为主的审美意识、审美趣味与保守、消极、平和的“天人合一”的中国传统文化思想,要突破、超越上述境界,就必须在思想精神层面大力开拓创新,而稼轩词所表现出来的“豪放”,在思想精神层次上恰恰是最具有主体性精神的,“豪放”的核心内涵是不受传统的束缚,因此,可以毫无疑问地确定“豪放”就是“意境”涵盖不了的新审美理想艺术境界的根本思想精神。综合上述几个层面的思路、结论来看,在突破、超越中国传统文化思想的新文

① 在此意义上,笔者论述了“叙事性”是比“抒情性”更高的“诗性”样态的观点,参见本书主体部分所论相关内容。

化思想尚未确立之前，从创作与现实本身去建构新审美理想理论体系是可能的，也是最优选择。而能够体现创作与现实的双重因素的，乃是与“细节”、作者的主体性精神对于“现实性”表现要求等密切相关的中国雅俗文化和雅俗文学转变的大格局理论问题，即小说取代诗歌成为中国古代文学创作的主流，除了从思想精神层次的僵化、保守之外，在现实的审美意识和创作层面，还呈现为从雅到俗的主流变换。小说容纳了更多的“细节”，具有更强的“叙事性”，远非诗歌所能比，因此能够表现更多的“现实性”，从而也就不可能不重视世俗即现实生活本身无比丰富、复杂、深刻的一切因素、意蕴，而这，却正是“意境”理论所无法涵盖、概括的，稼轩词它已经无法涵盖、概括，何况“细节”更多、“叙事性”更强的小说、戏剧、影视剧等作品文本？以此为基础，可以进行其他层次的理论延展，比如“意境”艺术境界所概括的主要是诗歌作品文本中的抒情诗，而“细节”的发现与理论概括、阐释，恰好可以将新审美理想艺术境界延展到叙事诗领域，进而延展到小说、戏剧、影视剧等叙事性强的文体样式。又比如“意境”的主要风格是优美，而新审美理想艺术境界的主要风格则是壮美（因为“豪放”等因素），而壮美风格的极致，则是

“深闳伟美、大气磅礴、千姿百态、淋漓尽致”,不再单纯强调“含蓄”;“意境”追求的是大雅审美意识、审美趣味,而新审美理想艺术境界追求的则是大俗大雅,以大俗为最高的追求。经过延展,这种新审美理想艺术境界获得了作品文本与范围更为广大的文体样式的支持,其理论确立已不成问题。而拥有了作品文本与主体现实性成长的双重支持,“豪放”又为突破、超越中国传统文化思想准备了最佳的思想精神武器,从而为在思想精神层面突破、超越“意境”奠定了基础。——此处这些理论延伸,可以算“神味”说新审美理想理论体系建构的逻辑理路的第四个层次。

“神味”说新审美理想理论体系建构的逻辑理路的第五个层次即最后一个层次,是对于理论体系本身建构的一些必要逻辑延伸。比如,笔者将上述所言不同于“意境”的新审美理想艺术境界,命名为“神味”,所面临的一个问题就是这个概念古已有之,如何用它作为核心范畴来统领并建构起整个理论体系?显然需要对其进行新的理论总结与阐释。而且,这种新的理论总结与阐释,必须有效纳入“无我之上之有我之境”“细节”之类已有的理论成果。为此,笔者经过研究认为,“神味”属中国古代文论的既有范畴，但其内涵古今基本不变，且停留于较低层次。针对这一情况，笔者对其进行了改造、提升，将“神”之一义明确为以性情为基础，以朴素、天真等意蕴为辅助，以“豪放”思想精神为核心，以泼辣烂漫、淋漓尽致为表现形态的主体成就的最高境界，即“无我之上之有我之境”；将“味”之一义明确为主体在现实中成就“无我之上之有我之境”及以此境为基础所形成的眼光所观照、表现到作品文本中的世俗的社会民生的相关意蕴的“结晶”。“神”和“味”合成为“神味”，表现于作品文本之中，都寄托为“细节”。最后，笔者发现，无论是从最基本的建构单位、质素“细节”，还是其所形成的艺术境界“神味”，还是“神味”艺术境界所依赖的思想精神，都具有与“意象”“意境”及“意境”所依赖的思想精神的根本不同，这种根本不同主要表现为根本思维方式的不同，前者主要表现为以“将有限（或局部）最佳化”的思维方式，而后者则主要表现为“以有限追求无限”的思维方式。这两种思维方式的不同，又形成两种不同的“大我”境界，这两种思维方式及其所形成的“大我”境界的不同，在根本上还是由于哲学层面的思想精神的不同所致，这就是：“神味”依赖的主要是积极、阳刚、进步的“天人合一”的哲学思想，而“意境"依赖的主要是消极、柔弱、保守的"天人合一"的哲学思想。也因为这两种思维方式的不同,造成了"意象"的"可复"性质和"细节"的"不可复"性质,从而解释了何以"意象""意境"容易陷入重复的陈词滥调的态势,而"细节"则能依靠主体的"现实性"品性不断得到新鲜的意蕴、活力的根本原因。为了强化对于"细节"的这种思维方式及其"不可复"性的理解,笔者又提出了"细节"的质量标准"九度"(即密度、力度、强度、深度、高度、厚度、广度、浓度、色度),这就更与"意象"成熟之后就基本停止了意蕴的更新、丰富大不相同了。又比如从风格的层面来说,"细节"的趋于表现无限丰富、复杂、深刻的社会民生现实意蕴的属性,必然导致其越来越趋于宏大壮美的风格,这就与中国古代诗歌以"抒情诗"为主的态势有了明显的区别,即"抒情诗"主要以"意象"而得到建构,利用"意象"这种趋于共性层面的意蕴来建构"意境",就必然导致主体性的削弱,从而削弱了文艺的现实性,不但主体无法臻致很好的"无我之上之有我之境",而且在风格上也强调含蓄蕴藉。这就解释了为何中国传统词学一直强调"婉约"为词的本色、正宗,而排斥"豪放"词了。实际上,"豪放"词乃是对于"婉约"词的突破和发展,"豪放"的根本原因不在于“抒情性”是否得到了强化,而在于“叙事性”得到了强化。宋词“叙事性”的强化根本来源于主体性背后的现实性,这些现实性背后是无限丰富、复杂、深刻的社会民生现实意蕴所可能形成的“细节”,但由于诗词的体制形式太过短小而无法容纳这些“细节”,这就必然导致作者主体性的被迫提升,以这种主体性提升到“无我之上之有我之境”的形式来强化对于现实性的昭示,从而也就在诗词体制极为狭小的空间里突破了以“婉约”为主的风格。而当文体形式的容量一旦增大之后(比如剧曲、小说等),优秀的作品文本就必然呈现出气势磅礴的壮美风格,而“细节”所针对的现实生活本身,也是中国传统文人、士大夫精英阶层以雅正为主的审美意识、审美趣味所容纳不了的,从而必然呈现出以大俗大雅为最高审美理想的艺术风格。诸如此类逻辑延伸,不但为建构“神味”说新审美理想理论体系提供了具体内容,而且也时刻注意将这个理论体系“系统”内部的各个理论的具体内容、要素时刻相互打通,减少相互矛盾的可能性,以做到阐释的最优化,从而提升整个理论体系的有效性和成功率。

逻辑延伸到这里,“意境”理论的不足、缺陷或局限已然非常明显了,在理论研究中具体、详细地解决上述问题,利用逻辑思维将上述理论问题纳入理论体系框架,“神味”说理论体系由此形成。在这个过程中,对于具体作品文本的分析又选择出“神味”艺术境界的代表作,以为“神味”说理论体系提供可信的感性的作品文本支持,“神味”说理论体系得到成功建构。① 为了使世人更加透彻地理解此一理论体系,笔者特意从“意境”与“神味”理论对比的角度,撰写了由简至繁的六个版本的《“神味”说新审美理想理论体系要义萃论》,本书即其最终版本样态。除此而外,笔者还以系列著作的方式,从不同方面对此一理论或相关研究进行了延伸,来为“神味”说理论体系的建构奠定一个深厚的学术研究的实践基础:比如《论豪放》系统探讨了“豪放”问题,《论意境》充分研究了“意境”理论问题,《王国维〈人间词话〉评说》深入探究了“意境”理论的集大成形态“境界”说,《聂绀弩旧体诗研究》《〈漱玉词〉评说》《稼轩词选笺评》《王之涣诗歌研究》《张若虚〈春江花月夜〉研究》《金庸小说诗学研究》《“神味”说理论体系文本例证:〈阿Q正传〉评点》等以“神味”说理论为新视角进行了详细的文本分析、研究与阐释;而

① 比如鲁迅的小说、杂文为什么到现在仍然不过时,仍然焕发出无与伦比的艺术魅力,用“神味”说新审美理想理论,就可以得到合理的解释。

《诗词曲学谈艺录》《元曲正义》既以“神味”说理论建构和阐释为主，又进行了不少文本分析；《论语我说》进一步巩固了突破、超越中国传统文化思想的意识；十余种诗话词话评点，则是对于中国传统文论的批评实践。至此，从现实理论问题的解决、新审美理想理论体系的建构与学术研究实践成果三个层面，“神味”说理论体系形成了一个完整的系统态势。

理论话语体系创造成功的标志是“原创性”和“本土化”，而其理论的核心品性则是作为一种理论的“高度”，能够体现这一“高度”的一种很好的理论形态，就是新审美理想理论体系。如果再联系中国20世纪以来审美理想的缺位这一客观事实的话，那么以突破、超越旧审美理想而建构新审美理想理论体系，就是一个很好的整体理路，而在“神味”说理论体系的建构过程中，始终是以与“意境”的对比作为基本的思维态势的。而且，笔者认为，所谓的突破、超越，不是指点或面的突破、超越，而是整体性的，其最根本的一点就是在最高的“高度”上进行突破、超越，而这也正是与纯粹的理论研究根本不同的，后者往往可能在某个点或面取得很好的认知或成果，却从来不曾具有上述思维态势，因此其最终的研究就必然不趋指于理论体系的建构,这是非常可惜的。

三、当代中国文论话语体系建构的基本标准、原则

上述有关笔者“神味”说新审美理想理论体系的建构诸问题,只是一种探索性的尝试,相关问题可以商榷,在此不再延展。而从根本上来说,无论一种话语体系建构成功与否,却都是要遵循一些基本标准、原则的,结合当代中国文论的种种情态,笔者认为这些基本的标准、原则,就是上文提到过的“原创性”“本土化”“民族性”和“现实性”,四者错综交融,但缺一不可。其中,“原创性”是一个理论体系足以确立的根本,而“本土化”和“民族性”则切合了当代中国文论话语体系建构的时代背景,“现实性”则既是一个理论体系得以成功建构的现实切入点,又是其理论效用最终如何的现实评衡标准。四个标准错综复合,乃是一个极高的标准和要求,因而理论体系的建构在实践上是非常复杂、艰难的一个系统工程。上述标准、原则,在操作过程中具体来说就是要做到:

第一,始终牢牢记住理论话语体系建构的“原创性”“本土化”原则或标准。这两者对于一个理论体系而言是缺一不可的,其辩证关系是:“原创性”最终必定呈现为

"本土化",而"本土化"也是确保理论体系"原创性"的重要基础,虽然"本土化"未必一定指向"原创性"。这两者之中,"原创性"当然是最重要、最根本的,但在20世纪以来中国文艺理论界亦步亦趋于西方文论的情形下,强调"本土化"理论品性,无疑是我们深刻理解"原创性"的最好角度。比如"神味"说理论体系的建构,就是始终立足于"本土化"的:"本土化"的作品文本与创作实践、"本土化"的文化思想研究与理论研究、"本土化"的理论建构表述与基本外在形态。以最后一点而论,"神味"说理论体系的建构虽然参考了不少西方文论、思想的成果,但仅仅是一种参照,西方的文论思想、理论或术语、概念始终很少出现在理论的建构中,除非是必要的对比或参照西方逻辑思维进行的逻辑的强化。

第二,以"原创性"为衡量标准,要克服既有的以美学的观念、方法来进行古代文学理论的研究,利用西方的逻辑思维方式,从各种层次、角度建构起一些理论体系的态势。这些理论体系也仍然是以对旧资源的重新整合和诠释为根本态势的,故虽或成体系,但缺乏根本的创造性,同时也缺乏对于中国现当代文艺发展的深沉关注,缺乏对于时代现实的真切关怀。这些理论体系虽然可以使得我们对于某一问题具有更为系统的了解、理解,但从本质上来说,它们没有给我们提供新的东西、意蕴,因而还不是真正的理论话语体系的建构——如果联系到理论话语体系建构最终是为了与西方文论对话这一高度的话,就能更好地看出这一点。

第三,理论话语体系的建构要以“现实性”为根本,这个“现实性”,指的是理论研究、创作实践和作品文本等内容的综合。理论话语体系的建构要防止西方哲学体系建构容易陷入纯粹思辨的弊端,而要时刻注意紧密联系现实,始终保持丰富的感性,并最终以此为现实问题的解决提供参照。在这些因素之中,现实的作品文本是最重要的,即一种理论体系的建构,不但要以现实的作品文本为理论总结和升华的根本基础,而且要能阐释这些作品文本中的最优秀的代表性经典之作及其所建构、表现出来的独到的艺术境界或意蕴。在现实的作品文本之中,尤其要注意那些现当代产生的与传统有着相当或本质差异的,这是建构一种新理论体系的最好的基础,如果无视这些带有新事物性质的与传统不同的“异质”因素,理论话语体系建构的“原创性”就必然大打折扣,甚至连“本土化”品性也不能坚守。

第四，“民族性”是“原创性”“本土化”“现实性”几个标准、原则实现之后的必然结果，但不是唯一结果。对于理论话语体系的建构来说，越是民族的就越是世界的，这还只是问题的一个方面，我们还应该知道问题的另一个方面，即在与西方文论话语对话、融合的过程之中，“民族性”只是一个基本的立足点，并不意味着要始终停留在这个基本的立足点之上。实际上，理论话语体系最终是要面向全世界的，它必须在一定程度上克服狭隘的“民族性”，在对话和阐释的能力上涵盖整个中西两个纬度的经典作品文本——不仅如此，它还应该涵盖古今这个纬度。只有如此，一个理论话语体系才是成功的。以“意境”理论为例，其“民族性”特色、品性不可谓不卓著，但也正是这种固守“民族性”特色、品性的卓著，影响了其被全世界所更好地理解的程度，比如不深刻理解“意境”理论背后所寄托的中国传统文化精神的某些精髓，是很容易在一般性的层面、意义上来理解“意境”理论的，如此一来，在“意境”理论延展向西方世界的过程中，却也正是丧失了其“民族性”特色、品性的过程，丧失了其独特内涵的过程。20 世纪美国著名诗人庞德受到了中国古代诗歌与“意境”理论的一些因素的启发而创立了西方现代诗歌史上的“意象派”,实际上就是不能全部有效吸收“意境”理论的结果,而只能停留在“意象”这个基本层次,从而影响了其借势发展的开拓性。我们对此津津乐道,实际上也正是没有深刻地认识到这是“意境”理论的一种缺陷这一事实。

总之,当代中国文论话语体系的探索、建构,是当前乃至未来一个相当长的时期之内中国文论界首屈一指的大事,是从根本上促进文论发展的首要问题。笔者在此阐述的有关“神味”说新审美理想理论体系建构的逻辑理路及此一理论体系的建构本身,希望能为学界带来一点启示。而本书的主体部分,即为“神味”说理论体系的要义萃论,通过本书,发挥充分的悟性思维,可以对“神味”说新审美理想理论体系的各个理论点及其整体哲学思维逻辑有一个基本的了解、体认。希望此一理论体系能为中国乃至世界文艺开拓新的发展境界,为中国新文化思想的树立奠定一个最好的基础!①

---

① 本绪论的主体内容曾以《以“问题”为切入点建构当代文论话语体系——以“神味”说新审美理想理论体系建构的逻辑理路为例》为题刊发于《中外文论》2016 年第 2 期(中国社会科学出版社 2017 年 1 月版,第 68 – 81 页),特此说明。

“神味”说新审美理想理论体系要义萃论 | ▼

——当代中国“本土化”文论话语体系之建构

20世纪以后、王国维“境界”说而来，吾国文论渐趋于以“西化”为主而大见“失语症”“强制阐释”①之态势，迄今未得根本改变，余深以忧之，数十年来乃勉力作为“本土化”品性、征态之新理论体系之探索、建构、阐释也。当代中国文论话语理论体系之建构，其核心要素、程序（环节、理路）当如是也：（1）以“原创性”为根本，而欲达致理论体系之“原创性”抑或等而次之之“创造性”“创新性”，则必以“本土化”为征态，以“思想性”②为内核。思想之

① “失语症”由曹顺庆1995年提出，“强制阐释”论由张江2014年提出，尤其后者，可廓清学界不作为而维持现状之惰性态势，为吾国“本土化”文论话语体系之探索、建构奠定一根本基础。学界之不作为，盖有数因：理论体系建构之畏难也；众皆不创新而极少数真正之理论创新之难且出力不讨好也；学界利益之固化，理论体系建构之为理论之最大创新，将根本影响其根本利益也。有此数因，故“失语症”虽众所周知而无所效，又待“强制阐释”论之崛起也。

② 如《文心雕龙》，余以为后人评价过高，拙著《诗词曲学谈艺录》卷二之一二则稍有论，除其非“理想境界之阐发”之性质外，其书并无（转下页）

最高形态为哲学及哲学之映照于人生之形而上之共性意蕴者，此两者之最高境界则为主体之精神境界，而精神境界之最高品性为“现实性”，精神境界之“现实性”如何，则又根本相关主体抑或作品文本所表现之最高意蕴。故一哲学抑或文论话语理论体系之价值如何，以其最高意蕴为根本之评衡，大体无失也。(2)“原创性”之实现，必以突破、超越前人为征态，此一突破、超越，则必以继承创新为基础，以“整体性”“全局性”突破、超越为根本；而继承以为创新之本质，则为“批判性”。(3)“整体性”“全局性”之突破、超越，其最根本者为审美理想之更新，欲更新审美理想，则须“整体性”“全局性”突破、超越前人之旧审美理想，然吾国20世纪以后之新审美理想尚未建立，吾国

(接上页)核心一贯之特殊思想、意蕴乃真正致命者，故后人虽以吾国古代文论之最具体系性者视之，而实不知其无此核心一贯之特殊思想、意蕴，又岂能作为真正之理论体系邪？其所论虽不乏精微，然各篇篇幅有限，不能深入，全书之性质为各篇篇幅有限因之理论不能深入之浅层次、平面式汇集，而非以某一理论、理念、意蕴为核心，一切作为均以此核心为趋指之凝集，此《文心雕龙》非真正之理论体系之根本原因。后人尤其今人大誉之者，不过因吾国20世纪以后“原创性”“本土化”品性之理论话语体系始终未能建构成功，故以古人为慰藉耳。今人之研究古代文论者，又多有以某一核心一贯之思想、意蕴而在知识之层面拉杂为理论体系者，皆古人之冷饭而无本质之创新，且不能反映、融合20世纪以后之新现实、新思想，涵盖20世纪以后之作品文本之能力有限，故亦非真正之理论体系。

传统文艺之旧审美理想则“意境”理论体系也。密合时代、切合文艺创作探索新高度之艺术境界之新审美理想之缺位，乃文论、文艺发展之根本问题，乃其最首要者，此一问题不得解决，譬犹乌合之众而无首，而无统帅也。(4)以古今中外文艺实践、作品文本为基础建构、检验新审美理想理论体系，以强化其“普适性”；以突破、超越旧审美理想内含之传统文化思想意识为根本建构新审美理想理论体系，以强化其“思想性”。(5)新审美理想理论体系支持、影响未来之文艺创作，并逐步影响世人之审美意识，最终确立其优势话语权地位。(6)以“原创性”“本土化”“思想性”及理论“体系性”为根本特色，融入世界文论话语体系，体现其文论领域之终极价值。(7)延展其“思想性”至文论领域之外，探索“思想性”之“原创性”成果，以深度强化文论话语理论体系之影响力(辐射力、持久力)。

欲建构强有力、深具魅力之话语理论体系，上述所言诸核心要素、程序(环节、理路)，缺一不可。就吾国之传统文化、思想及其所造成之社会、现实而言，则审美理想之更新，乃理论体系建构获致“原创性”之通达之途，惜乎国人之不之悟也。辛卯年冬，拙著《诗词曲学谈艺录》由齐鲁书社出版，余提出并系统建构之“神味”说理论体系，亦阐释于是撰，此即上述理路探索之一个案范例。其缘起则见且深有感于20世纪末新诗发展之困境，而思理论之有以解决之者，乃自吾国传统文论以入，并创作旧体诗词以积累实践经验，以中西哲学为思想基础，最终落实于新审美理想理论体系之建构、阐释。其最初之所以以诗学为切入之领域者，以诗性为文学乃至人世间、人类文明之最高境界而殆无疑义也，然最终解决新诗之发展问题，则不可局限于诗学之领域，故理论之建构、阐释之普适性延展及于诗歌之外之小说、戏剧、杂文、影视剧、漫画诸文体也。全书共三十余万言，因采用文言撰写，以“形散而神不散”之悟性思维①为特征，又以突破、超越吾国传统文艺之旧审美理想“意境”理论为心，而立一新审美理想，其他著作，又曼衍滋甚②，故理论体系庞大、复杂，殊难把握。

---

① 拙著《诸二十四诗品·引言》云：“悟性思维实即吾国古代文艺之最大精髓”，“能统一形象思维、逻辑思维两者者也”（阳光出版社2014年版，第2页）。如唐人《二十四诗品》之作，乃典型之悟性思维。然悟性思维之为精髓，乃仅自思维之形式层面而论之者，若其最终成就、境界如何，则仍有赖于其所表见之主体思想精神之本身，此则又不可不知者也。

② 迄今为止，笔者所有撰著均不同程度与“神味”说理论体系相关涉，如《诗词曲学谈艺录》《论豪放》《论意境》《论“神味”》《聂绀弩旧体诗研究》《诸二十四诗品》《王国维〈人间词话〉评说》《元曲正义》《稼轩词选笺评》《王之涣诗歌研究》《张若虚〈春江花月夜〉研究》《金庸小说诗学研究》等作，总字数已过四百万言。已出版者，尚不及半。

回首前路之茫茫,“神味”说理论体系之建构、阐释,迄今已垂廿载。今以其最新阐释及相关著作之成果扩充、丰富其书卷一之五三则之诸要义集萃①,而强化其外在之逻辑形态,以便世人理解、参悟也。

“神味”“意境”(以王国维之“境界”说为最高形态)二义,唯自两者之不同处观之,乃能体悟“神味”说理论体系之精髓,而见其独特、创新之处。以譬喻之:“意境”如

① 《诗词曲学谈艺录》由齐鲁书社 2011 年出版,此“要义”居卷一之五三则。其前其后,即自 2004 年至今,“神味”说理论体系之要义已历 6 版本,最终名《“神味”说新审美理想理论体系要义萃论——当代中国“本土化”文化话语体系之建构》:拙著《诸二十四诗品》收录最初版本,注释云:“此‘神味’说诗学理论要义集萃之版本录自 2004 年冬完成之《论聂绀弩诗》,明言‘神味’说之要义录自《红禅室曲话》,此书后易名《嫁笛聘箫楼曲话》,2002 年至 2005 年撰并修订,则综合读研诸情形,此要义应完成于 2004 年左右。”(阳光出版社 2014 年版,第 45 页)《诗词曲学谈艺录》所载者为第 2 版本;《诸二十四诗品》卷上附录载其第 3 版本(阳光出版社 2014 年版,第 50 – 78 页),通名此前三版本为《“神味”说诗学理论要义集萃》;稍加修订,并增摘要,以《新审美理想理论体系建构——“神味”说诗学理论要义萃论》为名刊于《中国美学研究》第五辑(朱志荣主编,商务印书馆 2015 年版,第 118 – 142 页),为第 4 版本,然编校颇有误处;又稍加修订,以《新审美理想高度下的当代中国“本土化”文论话语体系建构——“神味”说诗学理论要义萃论》为名提交为 2015 年 10 月 23 日至 27 日在武汉召开、由中国中外文艺理论学会主办、湖北大学文学院承办之中国中外文艺理论学会第十二届年会暨“当代中国文论的话语体系建构”学术研讨会之论文,为第 5 版本;本书所录,则其最终版本。此 6 版本,字数分别为 0.08 万字、0.3 万字、2.2 万字、2.3 万字、2.5 万字、7.5 万字,今后若有修订,则仍以在后者为准;而诸版本之差异,亦可见“神味”说理论嬗变之痕迹也。

王士禛所言之龙，云中只露一鳞一爪；“神味”如张僧繇之画龙点睛——若前者，其“技”之境界之佳境为神龙见首不见尾，其根本缺陷则“叶公好龙”；“意境”如鲲鹏乘风，“神味”如凤凰涅槃；“意境”如水中之盐、蛹中之蝶，“神味”如蜜中之花、火中之凤①；“意境”如摆空城计，“神味”如奇兵制胜。两者之异也，余尝阐论而得数端者焉，而综“神味”一旨之要义若干，其次如下：

一、“神味”说理论体系之根本性质、目的

“意境”为吾国古代审美理想理论体系之最大、最具民族特色、最具代表性者，为吾国传统文艺之旧审美理想理论体系，“神味”为取长补短“意境”理论之基础上创造、更新并旨在突破、超越“意境”理论之新审美理想理论体系。“意境”而外，有无更高更上之新审美理想、更高更上之艺术境界？此“神味”说理论体系建构、阐释贯穿始终之根本问题，故“神味”说理论体系之根本目的，在为未来文艺之发展指出最高最上之艺术境界，令作者有所体悟而免于茫昧，不知凝集其力量之所有冲击此一新审美理想之艺术境界，抑或虽以已然臻致此一境界，而不知其价

① 另谈艺之喻，可参《诗词曲学谈艺录》卷一之四八则、卷二之五则其中所论内容。

值之何若也。"神味"说理论体系之建构、阐释,其一切诸理论问题均无不与此根本问题之解决相关系。"神味"一旨,古之文艺已多有体现,然在吾国传统文化思想熏染之文人、士大夫以"雅"为主之艺术、人生趣味之追求中不占主流之地位,其表征为诗为其主流文艺体式;明清以后,小说渐居文艺体式之主流地位,"神味"乃成其最大最高之主流追求,然无系统之理论之支持、阐释以确立其审美理想高度之追求,故整体实为无明确意识之盲目、蒙昧状态——如宋词之中已有突出于"意境"之外而不为笼罩者,如稼轩词,王国维《人间词乙稿序》(托名樊志厚)谓之"南宋词人之有意境者,唯一稼轩,然亦若不欲以意境胜"。即其征矣,惜乎王国维虽以知之,然却无力探求稼轩词此一突出于"意境"之外之新审美理想艺术境界也!诗因不得新审美理想之昭示,故唐之后即每况愈下,而仅能自诗词曲内部局部之改良、得叙事之力而稍有进①,然终不能与小说相争霸。知其有之也,知其美也,知其美而"意境"理论之不能概括其最佳之处、最高境界也,乃无以

① 如杜甫、白居易、韩愈、李贺,虽均趋指于"神味"之境界,惜或未用全力,或格局未巨,或技艺未熟,或早夭没。尤可惜者,此数子"神味"艺术境界之大力开拓,就整体之格局、态势而言,后世竟无以为继。

揭示之、名之，理论无新建树，可乎？“神味”说理论即正为突破、超越古代审美理想“意境”理论体系而设，为建立新审美理想而设，总结、概括、提升古代尤其20世纪以来中国文艺境界中“意境”不能涵盖且高于“意境”之艺术境界之追求，指引今日、未来文艺之发展，最终更新审美意识、思想精神，并以之反观而批判吾国传统文化，而更进之也。若不以“神味”为引导，则无以凝集整体冲决之力量，自审美理想之高度突破、超越“意境”理论，未来之文艺、思想亦无最高之指引；且单打独斗、点面局部之突破，虽或时耀光彩，终似名不正、言不顺而矮“意境”理论体系一头，则世人因价值评判之世俗功利心故，往往为稳妥计，易保守而从“意境”之旧蹊径，不乐追踪“神味”之新艺术境界矣。

“意境”者，守成（保守）为主，为品性之理论境界者也，此由既得利益者守成（保守）之社会情态、思想精神所根本决定者也；其为守成（保守）之境界也，虽或所创造之“意境”能以表现理想，而不能尽以实现之于现实世界，然固可实现理想于此“意境”之艺术境界之中，而不必与现实世界为往来、瓜葛，爰可以其既得利益为根本，而得其精神之自足。如此则其审美意识、审美趣味所植根之思想精神不需本质之新变，其审美意识、审美趣味亦然，焉能为本质之创新？“神味”则突破、创新为主、为品性之理论境界者也，创造精神为其内核，以其思想之核心精神“豪放”之本质即为不受拘束于业已僵化而丧失生机之礼法制度、法则规范也；其为创新（进取）之境界也，所创造之“神味”亦能以表现理想，而不能尽实现之于现实世界，然思想精神则时时与现实世界为往来、瓜葛，而固可实现理想于此“神味”之艺术境界之中，却不能得其精神之自足、满足，其不能自足、满足者，无不指向世俗之现实世界，凸显其批判之精神，以揭露、讽刺、夸张、痛苦、悲壮、豪放为姿态。进而论之，若以真、善、美三义观之，则“意境”犹多在真、美之层次，于“善”之一义颇有阙如，其“现实性”不烈也，而“善”之一义（尤其最高境界），必成就于世俗之现实世界；“意境”之或有“善”也，如陶渊明，然非“大我”而为“小我”之“善”也。若“神味”，则兼备真、善、美三义之路向，且以“善”为最高之追求，以最高最上之意蕴必出诸“善”也。故“意境”用于古则可，用于今后而有以进益文学创作，则非是第一义矣。故崇“神味”，非以二元对立之思维摒弃“意境”也，识者察之！

“神味”“意境”之关系，当作如是观：两者之逻辑外延有所交集，然不占主要部分，即各自均有其独立之内涵、精神、面貌；“意境”建构之尤为出色处，可达致“神味”之境界（然非最高境界），“神味”乃其更高更上之艺术追求，而“神味”之建构、追求，亦并非完全拒斥“意境”之美。① 若王士禛之“神韵”说、司空图之“韵味”说（及范温“韵”论），则如吾国古今文论中先秦之“诗言志”说、陆机之“诗缘情”说、严羽之“兴趣”（“入神”）说（及宋人“以禅喻诗”）、唐顺之诸人（何良俊、徐渭、汤显祖等）之“本色”说、贺贻孙之“蕴藉”说、李贽之“童心”说、陈廷焯之“沉郁”说、沈德潜之“格调”说、袁枚之“性灵”说等，均不过为“意境”理论长河之支流，为其局部、阶段性之审美理想理论形态②，亦唯此诸支流之发展，“意境”理论乃能日以进步、完善，而终归于“境界”说之集大成，而“境界”说本身，亦终为“意境”理论之一支流。故“神味”说理论之

① 如沈从文之《边城》，乃“意境”之尤美者，然此尤美之“意境”，仍为“神味”之突出而设，此由“叙事性”高于“抒情性”使然（详见本书第五条所论），若无“意境”之外之上之“事”，不以“事”为核心，则乏“神味”矣，无“神味”之助力之为此一小说文本之巅峰之美，则其魅力将减损大过半矣。

② 诸说所本之思想精神，均不出于吾国传统文化思想之共性最高意蕴而外，其杰出者如李贽之“童心”说虽佳，然亦仅堪为“神味”说理论之初起，且为其中之一义，根本不足以突破、超越“意境”理论之整体、全局也。

所面对者,即以“意境”理论为统帅而诸支流异态纷呈之整体格局,不过诸支流各得“意境”之一偏,其归集于“意境”之渊薮也,更须取长弃短耳。自“神味”说理论体系之建构言之,则必以继承“意境”理论之长为应有之义,而自审美理想更新之高度观之,则“神味”“意境”两者,终不免见为整体之冲突、对决,盖不如此,则审美理想之更新终无望也。思想精神之保守者往往以新旧文化之断裂目之,则非但昧于审美理想之一义,且直是不许青出于蓝矣!如此则吾国文论话语体系建构之“本土化”品性,终为梦寐耳。

二、“神味”“意境”之最高境界

就审美理想之更新而言,则必体认、践行如下两点:一则提出一新审美理想,则必与吾国传统文艺之旧审美理想“意境”理论做一对决;一则审美理想之更新及新审美理想之确立,必在最根本、最高之层次有赖于思想(意蕴)之更新,有赖于新思想(意蕴),若不如此,则根本不得与论乎审美理想之更新也。

故“神味”之最高境界者,思想(意蕴)层面之事也。自主体之一角度以言之,则“神味”之最高境界,即主体自我能以成就之最高境界,即“无我之上之有我之境”①；“意境”之最高境界，则为王国维《人间词话》“境界”说所论之“无我之境”。② 两者之异，极为鲜明。王国维“有我之境”“无我之境”之两分，乃二元辩证之思维，以平面化为主之思维，不如立体化之“否定之否定”之三段式思维，且三段式思维可兼有二元辩证思维之优长。以三段式思维之完美之哲学逻辑观之，则“有我之境”“无我之境”之两分，尚阙一阶段、境界，或在“有我之境”之前，为“有我之下之无我之境”，或在“无我之境”之后，为“无我之上之有我之境”。恢复三段式之哲学逻辑思维，乃修复王国维“有我之境”“无我之境”两分之缺憾之根本理路。《人间词话》第二六则亦有三境界之论，为三段式之思维形态：“古今之成大事业、大学问者，必经过三种之境界。‘昨夜西风凋碧树，独上高楼，望尽天涯路’，此第一境也。‘衣带渐宽终不悔，为伊消得人憔悴’，此第二境也。‘众里寻他千百度。回头蓦见，那人正在，灯火阑珊

① “无我之境”“无我之上之有我之境”两者思理同异，详见《诗词曲学谈艺录》卷一之二则、四八则所论；“无我之上之有我之境”一义之阐释，卷一之二则至一一则、一四则、二三则、四八则，卷二之六则等均有不同角度之阐释。其中卷一之二则自哲学逻辑思维之层面论“无我之境”之不足；四则以管道升之《我侬词》为例详析三境，尤富理趣。

② 此学界多有论断，拙著《王国维〈人间词话〉评说》多所援引，此不再赘。

处’，此第三境也。”惜乎仅为譬喻，乏鲜明之三段式哲学逻辑之征态，且并未贯彻之于“境界”说理论体系本体层次之建构、阐释，故不知以此三段式思维之哲学逻辑为根本而有见乎“有我之境”“无我之境”之缺憾也。如《人间词话》第九则以“境界”说为“本”，隐然以严羽之“兴趣”说、王士禛之“神韵”说为“末”（《盛京时报》本为第二则，稍加改易，则明确为“本末”之辨之二元辩证思维），即仅以二元辩证之平面思维下判断，以他人之价值取向为“末”，而以自己之“境界”为本，为“本末”对立态势，如此则尚停留于“三段式”之第一阶段，而缺乏动态之发展。故无此内在发展之思维逻辑，则其根本缺陷在以“本”为最高之追求，而不知“本”之虽为根本，却非最高之追求，如植物之无“本”固不可存活生长，然有“本”之后，当有更高之追求，则“花”与“果”也，此“花”与“果”，既非“本”，亦非“末”，如此则“本”“末”“花”与“果”适成事物发展之三阶段，而“花”与“果”乃为其最上最高之追求，其价值更大于“本”也。“花”“果”之为第三阶段即最高阶段也，“花”为末之最灿烂之状态，而趋指于“果”，“果”为“本末”综合运动、发展之最高阶段之终极成果，两者结合，极其完美。“果”之本身又蕴含下一“三段式”循环之“本”，由此"本"更可生"末"。[①] 扩而言之,则吾国传统文化之根本缺陷亦无不在此,即强调、固守"本"而抑"末",而不知更高更上之追求"花"与"果",是其恒无本质之突破、创新之根本原因所在也!

王国维之"三境界"之喻虽极形象生动,为国人所熟知乐道,然尚非最经典、最完美之三境界、三段式哲学逻辑思维之样态,其最经典、最完美者吾国古已有之,至少有三焉。其一则唐之青原惟信禅师所自道其悟者:"老僧三十年前未参禅时,见山是山,见水是水。及至后来,亲见知识,有个入处,见山不是山,见水不是水。而今得个休歇处,依前见山是山,见水是水。"(《五灯会元》卷十七)其二则蒋捷之《虞美人》词:"少年听雨歌楼上,红烛昏罗帐。中年听雨客舟中,江阔云低断雁叫西风。　而今听雨僧庐下,鬓已星星也。悲欢离合总无情,一任阶前点滴到天明。"其三则元赵孟頫夫人管道升之《我侬词》:"你侬我侬,忒煞情多。情多处热似火。把一块泥,捻一个

① 此处以"本"与"末"、"花"与"果"为喻拟,亦自然性事物之层次,除生物之自然进化之因素外,此喻拟以无限之"三段式"时空延展观之,多见为循环性,而提升发展性少;若人类社会及其相关事物(成果)之"三段式"时空延展,则往往于循环之中更有提升发展,此尤须明晓者。所以为此喻拟,但求其便捷、通俗易懂耳。

你,塑一个我。将咱两个,一齐打破,用水调和。再捻一个你,再捻一个我。我泥中有你,你泥中有我。与你生同一个衾,死同一个椁。”①此三种三段式哲学逻辑思维之经典文本、样态,前两种为“有我之境”之前补足一“有我之下之无我之境”之样态,即成“有我之下之无我之境”“有我之境”“无我之境”之三段式哲学逻辑,而仍以“无我之境”为最高境界;管道升之《我侬词》,则“无我之境”之后补足一“无我之上之有我之境”之样态,即成“有我之境”“无我之境”“无我之上之有我之境”之三段式哲学逻辑,然以“无我之上之有我之境”为最高境界。即唯有管道升之作所见之三段式哲学逻辑、思维,乃能突破、超越王国维“境界”说之最高境界“无我之境”。然则同为完美之三段式哲学逻辑、思维而见为三境界,其最高境界却不同,焉得谓管道升以“无我之上之有我之境”为最高境界之样态必然胜于青原惟信、蒋捷之以“无我之境”为最高境界之样态邪?哲学逻辑之同一而不能判定其胜负者,则唯有思想精神乃能决之。“三段式”乃事物发展之最简单之哲学思维之形态表述,实则就事物本身之发展而言,往往

---

① 此小词尚有后人改编之三版本,虽情态益活泼烂漫,然皆不能变其根本之佳妙。

由若干"三段式"逻辑样态构成,最终见为螺旋式上升之态势,故截取此一若干"三段式"思维逻辑之任一"三段式",此"三段式"之三阶段之第一段之前、第三段之后,实仍有另一阶段,故最终之最高境界之何若,实关涉在此若干"三段式"思维逻辑历程之中之如何"取段"之一问题,"取段"之方式不同,则其最高境界迥异,此不待言而甚易明者。可深究者,则"取段"之主导因素何在?则主体之价值观所决定耳。主体之价值观即其成熟思想之表现,不同之价值观,其"取段"之方式必然迥异,禅宗"山水"之喻及蒋捷《虞美人》词之第三境即其最高境界之所以"取段"为消极、出世之意蕴者,无不在主体之思想之最高境界如此。若能以积极、入世之思想为精神,则其"取段",必舍弃其第一段而另取其第三段之后之另一段,故无论禅宗"山水"之喻、蒋捷《虞美人》词及王国维所例之"三境界",皆有所不足,而根本受制于其最高思想之境界——王国维之"三境界"说之最高境界,则虽稍能展现每一段之三阶段,然根本仍受制于"无我之境"为其最高境界、最高审美意识之影响,故不可见"无我之上之有我之境",故余以为王国维所举之"三境界"有所不足,而另择"三境界"也:"人世间我之所以成就,罔不经历三种之境界：‘仿佛梦魂归帝所。闻天语，殷勤问我归何处’（李易安《渔家傲》），此第一境也。‘零落成泥碾作尘，只有香如故’（陆放翁《卜算子》），此第二境也。‘青山遮不住，毕竟东流去’（辛稼轩《菩萨蛮》），此第三境也。此三境者：小我迷茫，而将觉醒也；真我独立，灿烂坚贞也；大我豪放，磅礴浩荡也。人生必如是者，无怨无悔于世俗民生，乃足壮观，‘无我之上之有我之境’乃为可期，而神味乃允称深闳伟美也。”（《诗词曲学谈艺录》卷一之一四则）吾国之传统文化思想，其荦荦大者无非儒、道、释三家，而以儒家思想为主流态势。其以儒家思想为最高境界之文艺，则易以“无我之上之有我之境”为最高境界，如司马迁文、杜甫诗、韩愈文、白居易诗、稼轩词、关汉卿曲及小说《水浒传》《聊斋志异》《阿 Q 正传》等均是；其以道、释思想为最高境界之文艺，则易以“无我之境”为最高境界，如陶渊明诗、张若虚《春江花月夜》、王维山水诗、元人山水画、沈从文《边城》等均是；若屈子，则努力冲破“无我之境”以趋于“无我之上之有我之境”，然尚介于两者之间者，而《红楼梦》之根本性质，亦无不如此。三家之思想各有利弊，然其最高境界，则在儒家，而须济之以道、释两家之长者，且须践行之于世俗之现实世界。就儒家思想本身而言，其最高境界不能济之以道、释两家之长者，且不能根本践行之于世俗之现实世界，即以主体之“现实性”充实、提升儒家思想之最高境界，故吾国古代世俗之现实世界丰富、复杂、深刻之社会民生，其所臻致、蕴含之最高境界实已然突破、超越儒家思想之最高境界，即儒家思想并未因“现实性”之发展而益其思想精神之根本，而有以提升其最高境界。可能提升儒家思想最高境界之路径，如《孟子·公孙丑》所言之“我善养吾浩然之气”，因之主体之思想、理想、现实之践行而沛然磅礴，沿此一路，吾国古代之主体、文艺何愁深闳伟美、大气磅礴之境界？惜乎先为中庸思想之庸俗化所障，又为后世之陆、王心学“内倾化”而弱其主体性、现实性。即理学一脉，亦无不如此，如程颐便道孟子“有些英气，才有英气，便有圭角。英气甚害事”，而以“温润含蓄气象”（《二程集·河南程氏遗书卷十八·伊川先生语四》）为最高境界，此一最高境界便见为“无我之境”之品性，如此则孟子浩然磅礴一脉之思想遂不占儒家思想之主流，而儒家主流思想之最高境界遂下其真正之最高境界一筹矣，何况“现实性”之能增益儒家思想之最高境界者邪？儒家思想之所以如此者，除统治阶层权术之现实需要而外，哲学思想层面之吸收释氏思想以深化其理论、体系，亦有宋理学之根本性质。儒家思想之最高境界虽如此，然作者可借"现实性"品性极强之作品文本、艺术境界创造而彰显其主体性，而可造更上于儒家主流思想之最高境界"无我之境"（或消极之"天人合一"哲学思想中之"大我"之境①），以臻致"无我之上之有我之境"。故"现实性"乃事物发展、演进、提升之根本动力，而主体可借之以成就更高层次之"主体性"者也，此一深具"现实性"品性之"主体性"，乃正"无我之境"所不能容纳者，亦即高于"无我之境"，故思想、价值观所决定之主体若能张大其"现实性"品性、精神，则主体必趋于孟子"浩然之气"之沛然磅礴之境界，无论其主体自身之作为抑或作品文本及其艺术境界之建构，必不能满足于"无我之境"之为最高境界，则自然自意蕴、哲学逻辑之层面于"无我之境"之后补足一"无我之上之有我之境"，为其最高境界也。主体性得意蕴、哲学逻辑之肯定，如稼轩词之"豪放"之境界、个性②洋溢之境界乃能得

---

① 参见本书第 72 页之相关注释引用《诗词曲学谈艺录》一书卷一之一八则所论之相关内容。

② 个性为主体及其人生境界（即主体个性）、作品文本及其艺术境界（即艺术个性，含主体个性）之最高境界若干必要质素之一，不可或缺而与论乎两者之最高境界，故"无我之上之有我之境"之突破、超越"无我之境"，个性乃评衡标准若干必要质素之一也。

安身之所，得最高价值之判定，王国维以“无我之境”为“意境”理论之最高境界而评衡稼轩词之犹疑“然亦若不欲以意境胜”，方能得理论上之解决，而释其惑——即稼轩词之最高境界原不以“意境”为最胜也！“有我之境”“无我之境”之二分之缺憾、“无我之境”之非最高境界已明，则以“无我之上之有我之境”为哲学逻辑思维之突破、超越吾国传统文艺旧审美理想“意境”理论之新审美理想及其理论体系之建构，自水到渠成、呼之欲出矣！故“有我之境”“无我之境”“无我之上之有我之境”为主体、文艺成就逐次而高之三种境界，管夫人《我侬词》者，乃一作品文本而见此三境界之绝妙、经典范例。① “无我之境”已然极难，而“无我之上之有我之境”更难，乃世俗之现实世界无限丰富、复杂、深刻之社会民生及其意蕴之凝集，其最高意蕴指向“人境”而非“物境”（拙著《续二十四诗品》：“天地壮观，不足喻我”），如阿城《棋王》所写之王一生，历经若干苦战，终悟“人还要有点儿东西，才叫活着”之理，如此便是“无我之上之有我之境”，然就世俗之现实世界而言，则其所造尚不过仅窥见“无我之上之有我之境”之入门耳，“‘无我之上之有我之境’之最高境界，其豪

① 《诗词曲学谈艺录》卷一之四则有详细阐析，可参看。

放之精神是矣。”①入门之于“豪放”，尚大远也，主体若不积极作为，持之以恒而为“气”与“情”之积聚，则焉能以臻致也哉。如辛稼轩之豪放，乃洵然而称“无我之上之有我之境”之最高境界也！② “神味”说理论极重“大写意”之表现手法，而“豪放”者，亦可谓之为思想精神层次之人生境界、思想境界、精神境界之“大写意”也。“无我之上之有我之境”，又分三层次：由庸俗我而至真我（脱弃世俗之功利）；由旧我而至新我（主体自我之本质提升）；由小我而至大我（由小我而之大我）。③ 大我者，亦分两种④，其所造成，即“意境”、“神味”之分野。“无我之上之有我”之与“大我”，两者未必等同，即“无我之上之有我”未必为

---

① 参《诗词曲学谈艺录》第六则所论。

② “神味”之最高境界由若干因素凝集而成，不可谓之臻致“无我之上之有我之境”即遂为其最高境界也，除主体之一层次而外，外在之表现、风格乃至文体形式诸因素，亦无不决定一作品文本是否能以臻致“神味”之最高境界。如稼轩词便为文体形式所局限，其臻致“神味”艺术境界之实情，本书后文及拙著《稼轩词选笺评·引言》（阳光出版社 2015 年版）均有论，可参看。

③ 参《诗词曲学谈艺录》卷一之三〇则所论。

④ 详见本书正文第 72 页相关注释所引录者。一言以蔽之，“天人合一”之类，亦可称之为“大我”之一种，然自不妨其为“小我”之境，如陶渊明，个体独善之境也。而必我性磅礴之于现实，乃能臻致真正之“大我”之境，如辛稼轩。故“大我”一义之核心为“现实性”，而非形上层面之仅具哲学形态性。

“大我”，“大我”亦未必为“无我之上之有我”，必两者之交集，是“神味”说之所尚也。吾国文化、文艺之最高境界，必兼具“大”之境界而后为可能，故崇大也，如大美女、大学者、大名士之类，即如“写意”一义，在“意境”则为“写意”，在“神味”则不可，而必为“大写意”也。[①] 欲成其“大”，则必经“新我”[②]，方成“大我”，故判定是否为“神味”说理论所崇尚之符合“无我之上之有我之境”一义之“大我”，则“新我”与否是其根本依据。[③] “大我”若非“新我”之品性，则仍趋指于吾国传统文化熏染之形而上之共性意蕴，与“无我之上之有我”之为个性之境界，判然有别。“新我”与否，根本在于主体是否能以最“现实性”之精神观照自我、外在并有所作为，即在自我能否真正融入世俗之现实世界，故“无我之上之有我之境”之成就，必经无限丰富、复杂、深刻之世俗之现实世界，即“现实性”精

① “大写意”譬形式层面之近乎“豪放”者也，唯有“大写意”之法，乃能容纳“泼辣”“烂漫”“淋漓”“夸张”“恣肆”“野性”诸义（参《诗词曲学谈艺录》卷四《新二十四诗品》等作），以臻致磅礴伟美之境，富有“神味”。“大写意”合“抽象”为“象征”一义，为“神味”创造“技”之层面之最佳之法。

② 参《诗词曲学谈艺录》卷一之二三则所论。

③ 详见《诗词曲学谈艺录》卷一之二三则所论。又，另可参《诗词曲学谈艺录》卷二之一七则论冯友兰《新原人》“天地境界”非“神味”理论所崇尚之“大我”之境界，以参悟“大我”两种境界之差别。

神乃其灵魂也！“能至‘无我之上之有我之境’乃能尽我，而内在之‘气’与‘情’皆足以臻深闳伟美之人格境界、思想境界、精神境界，而自立、独立为最具我性之姿态。”(《诗词曲学谈艺录》卷一之第一则)

“无我之上之有我之境”之拔出而颠覆“无我之境”之为吾国传统哲学思想文化之最高境界，而新其最高境界，其于吾国，更具社会文化层次之深远意义。盖吾国传统文化思想以儒家思想为核心所致之僵化、固执也，国人中之高明之士，无不以打破此种僵化、固执之态势、格局为最高最上之追求(如“以无法为有法”“无招胜有招”之类)，其效不可谓不佳，然仅为三段式思维第二阶段之思维、作为，故尚非第三阶段之终极思维、作为——当其后视第一阶段也，则为莫大之进步，而前瞻第三阶段，则恒以此为最高最上之追求而停留于此，久之则又形成另一僵化、固执之态势、格局，必待以第三阶段之发展、创造性思维打破之，事物乃能得圆满完美也！以“无”为最高最上之追求而停留之，其最大、根本之弊端、缺陷、不足，则此种思维影响吾国人之在现实世界之社会民生之层次、领域，人人而以“无法”为最高最上之追求，即以以法度绳人而自我能超乎法度之外之上为最高最上之追求(此种

“奢望”,古则唯有皇帝始可实现,故今日国人则金钱至上矣,而宫廷小说、影视最易流行),形成人大于法之死结,由是吾国之社会形态恒以物质层次之既得利益(以国家、民族为最高凝结形态)为现实力量凝集之终极法则,而无核心之思想精神为其最高最上之凝一之价值、法则,如是则人口虽众而无异一团散沙,危亡时刻,不过以国家、民族为暂时之号召耳！故极少数卓异之士此一以“无”为最高最上之思想精神追求,却流弊为国人大众之流行思想、心理,而影响吾国社会之现实世界至为深刻,令古之帝制下唯有皇帝始可实现之人大于法之思维、观念,渗透至于现实世界之每一角落、细节,虽不实现,而不妨其有此一心也。此事此理,虽人多知之,然鲜有自哲学思维之高度揭示者,故“无我之上之有我之境”颠覆“无我之境”之以“无”为最高最上之追求,而树立以“有”为最高最上之追求之思想精神态势也,乃能令国人能打破庸俗、僵化、固执之物质层次之利益格局、态势,而有核心凝一之思想精神层次之最高最上之追求,则非但真正之“我性”可立,且足以为颠覆吾国传统文化思想之新文化思想之树立之奠基矣!

自技、艺之一角度以言之,则“意境”之最高境界为情景交融、虚实互生、动静结合诸二元辩证法①之最佳运用，而得象外之象、景外之景（司空图《与极浦书》），“境生于象外”（刘禹锡《董氏武陵集记》），韵外之致、味外之旨（司空图《与李生论诗书》），“思与境偕”（司空图《与王驾评诗书》），“超以象外，得其环中”“不着一字，尽得风流”（唐人《二十四诗品》）诸义，总之为“言外之意”之追求也，虚静为之核心，而以含蓄蕴藉为根本特征，自然、平和、冲淡、超逸、柔弱是其基本审美风格、意蕴；“神味”之最高境界，则“有‘神味’乃能尽物，由艺入道，外接世俗民生而不隔，其表现复亦斑驳异致、烂漫多姿而见我性之三境（‘有我之境’‘无我之境’‘无我之上之有我之境’）之逐次提升，由‘小我’而成‘大我’；由技入道，将有限最佳化而活色生香、淋漓尽致，化为若干不可复之细节，遂使我性之生命力、气与情之磅礴洋溢、精神姿态之表现之张力之色彩至于顶点。”（《诗词曲学谈艺录》卷一之第一则②）“意境”之入处在“虚”在“静”，由虚静而灵动蕴藉，其最终之核心指向“境”，“境”愈虚静而愈虚，以致“无我

① 可参《诗词曲学谈艺录》卷一之二〇则。

② 此处引文中之“淋漓尽致，化为若干不可复之细节”，系新增补者，原书无之。“神味”说理论要义集萃（萃论）之《诸二十四诗品》《中国美学研究》版本均已改易为此新增补者。

之境”；而“神味”之入处在“真”在“朴”，由真朴而烂漫磅礴，其最终之核心指向“味”，“味”愈真朴而愈实，不因外在现实世界之功利性而易其本性，以致“无我之上之有我之境”也。

自上述两者和合之意蕴之角度以言之，则“神味”之最高意蕴为主体之“豪放”之精神（其理想、实现及文学中之表现）①，即“现实性”精神、批判之精神，见为人之主体性力量抗争（讽刺②、揭露、批判）不合理甚或荒诞之人自身所造成之社会层面之束缚、压抑乃至摧残，以冲决、超越旧而僵化、保守之思想、秩序、社会形态为的，以彰显人之高贵之主体性、人性与生命之庄严邃美，成就“无我之上之有我”层面之个性（吾国传统文化思想熏染、影响所

① “豪放”乃近世所谓之“现代性”之最高精神，“现代性”之一名称，乃非正式者，其最恰切之名称为指向未来之更高更上之“发展性”，传统文化思想及其所形成、左右之利益格局趋于史无前例之强大，而根本影响新文化思想之创构之时，“发展性”乃以“现代性”之形态、意味出现，而凸显其与传统之深刻、尖锐矛盾。

② 讽刺乃主体批判性精神表见之一绝佳手段，而尤易出“神味”者也；反讽则又讽刺之一绝妙形态。因以批判现实为精神，故如古之《儒林外史》、睢景臣之[般涉调·哨遍]《高祖还乡》者，乃讽刺之极高境界；近代则鲁迅之小说、杂文，皆造极致。若钱锺书《围城》之类，则囿于极小之知识分子之范围，其讽刺之内容、力量颇有限，且根本并不及如“神味”说理论所崇尚之最高意蕴层面之现实批判，即不以吾国传统文化思想及其所造成之社会现实、情态之批判为根本，故远不如上述诸作，近人颇过誉之矣。

形成之世俗之现实世界之“特色”，如“潜规则”之类，皆其所反对、批判、冲决之对象，亦“神味”产生之一大渊源）。此种文学之最高最上之意蕴，亦即人世间最高最上之意蕴，以此为本质之思蕴，即“神味”说一义之思想内核也。①所以如此者，盖唯此种意蕴之表见，主体凝集一切诸力量以冲决旧有之可能性乃最大，最能触及社会发展梗塞之根本关结点；然主体因之所付出之代价乃亦最大，其成功之可能性最小故也，故最具悲剧性，然后纯真、至善、完美之境界乃遂可期，而造作最佳之神味。“意境”之最高意蕴则为老庄、禅宗哲学义理（其理想、实现及文学中之表现），以人之主体合乎自然之层面（“天人合一”“物我合一”）为的，其关涉社会之层面者亦无不以合乎自然之层面之根性为最高原则，取美而弃真、善，无限削弱主体之“现实性”精神、批判之精神，以求弥合、压制世俗之现实

① 此一最高意蕴之思想内核，一语以蔽之，则创新（创造）而已耳；一言以蔽之，则新旧之冲突也（思想、制度等），人世间思想精神之最高意蕴，唯有自此出，而无疑义也！然世俗往往以“利益”为核心之纠葛，因血缘关系及由此衍生之亲近关系之群体（集团）而模糊新旧之思想冲突，而令世事更为复杂，则尤堪称此一最高意蕴中之最高意蕴。故人生之痛苦、悲剧，就生存而言则欲望之无休止，见为世俗之利益之攘夺，就生存之意义而言则推陈出新，而无限趋指于更高更上之理想境界。“神味”说理论非但以此为最高意蕴，且昭示如何令此最高意蕴获致最为完美圆满之表现也。

世界之矛盾、冲突，以维护其既有不合理甚或荒诞之社会现实、秩序、利益格局，见为僵化、保守之思想、思维态势，以此为本质之思蕴，即“意境”理论之思想内核也。就“神味”之主体而言，其理想、意愿虽或不能实现之于世俗之现实世界，然可表现之于文学以见自我之思想精神，以文字流传于后世，使其人其事不致湮灭，而令后人得以体悟，此真文学莫大无上之伟力、魅力之所在，亦艺术不及文学、“抒情性”不及“叙事性”之真义与根本原因。若无文学，若文学不以此种最高意蕴为最高最上之追求而表见其“神味”，则其人其事及其“神味”宛若未曾存在者，岂不可叹、可惜！就此意义而言，虽谓表见“神味”之文学为人类、人世间之最高、最荣光之使命，亦不为过也！

就“神味”说最高意蕴之思想本质而言，则反抗僵化、落后、过时、保守之思想意识及其所形成之社会整体性之不合理之礼法制度与现实，反抗假借、利用、操纵此种礼法制度与现实以异化、束缚乃至摧残人并妨害以人为最第一之价值之实现者，最高最上之“神味”，必出诸上述意蕴及最凝集以表现上述意蕴之作品文本也。古今中外一切诸经典之主题(母题)、情节、人物形象(性格)、细节之最高最上者,无不以上述意蕴为最高最上之指归焉。① 一言以蔽之,最佳之“神味”,必出诸吾国传统文化思想劣根性及其所影响、异化之社会现实无限丰富、复杂、深刻之种种情态,必出诸此种传统文化思想及社会现实所形成、凝集、呈现之种种“特色”;反抗不合理之现实及由此现实所带来之无法把握之趋于悲剧性之命运,以彰显最为充分之“无我之上之有我”之主体性姿态、风采、精神,乃“神味”艺术境界之核心意蕴、最高意蕴。其在吾国社会历史中之表现,即凝集为“反传统”一义也。② 吾国之传统文化

---

① 如以人物形象(性格)言,古今中外最富魅力、最为特出之经典人物形象(性格),均以趋指于此种最高意蕴为本质,如《狂人日记》中之“狂人”、《西游记》中之孙悟空、《红楼梦》中之贾宝玉与林黛玉、《离骚》中之“屈原”、《窦娥冤》中之窦娥、《西厢记》中之崔莺莺、《杜十娘怒沉百宝箱》中之杜十娘、《聊斋志异·婴宁》中之婴宁、《欧也妮·葛朗台》中之葛朗台、《安娜·卡列尼娜》中之安娜·卡列尼娜;或由作品文本中之人物形象(性格)以见作者之此种最高意蕴,如《阿Q正传》中之阿Q、《祝福》中之祥林嫂、《孔乙己》中之孔乙己、《羊脂球》中之羊脂球。即历史上之真实人物如嵇康、辛弃疾、鲁迅、陈寅恪等,亦无不如此。

② 西方反传统之经典形态为以人文主义思想为核心之文艺复兴之反中世纪教会制思想禁锢,“神味”之最高意蕴、最高境界必由此出,其后西方反传统之使命因之暂时得以完成,近现代以后之“神味”之最高意蕴、最高境界,则表现为真善美之对立面假丑恶之于人性之遮蔽、异化、摧残及人之主体于此之反抗、揭露、表现,及主体性个性之张大、洋溢、磅礴。吾国反传统之历史使命则尚未完成,故“神味”之最高意蕴、最高境界仍出诸反传统之相关内容,若反传统之历史使命得以完成,则亦必以西方最高意蕴、最高境界之“神味”之表现为主流矣。中西之差异虽如此,然均可臻致“神味”之最高境界,而真善美之对立面假丑恶之于人性之遮蔽、异化、摧残,亦可视为更为根本之“传统”。吾国之传统更为悠久,反传统之历史任务更为严峻,故其“神味”最高意蕴之表现,较之西方益为丰富、复杂、深刻而更易凝集。

思想最持久、庞大、系统、周密、深刻以束缚人及其主体性之力量，最易形成此种束缚人、异化人及其主体性力量之礼法制度、秩序、格局、态势，鲁迅概其根性为“吃人”（《狂人日记》），此较之西方为尤然，故最易出、见“神味”之作品文本、艺术境界，无不见于此种内容、现实之揭示、揭露、表现也。故吾国20世纪以后虽时代更新，而最易出、见“神味”之文艺，无不仍以书写深具传统文化社会背景者为最佳，现当代文学之“现实性”品性极其彰显之作，其根本之为支撑之思想意识，亦仍无不以人及其主体性之力量之悖反、反抗为最高意蕴也。“现代性”之另一面即“反传统”，“反传统”之核心则为反此种束缚人、异化人及其主体性力量之礼法制度、秩序、格局、态势，以成就真正之“无我之上之有我”之境界，而作品文本中之艺术境界之建构、创造，最佳之“神味”之境界无不出于是，最高最上之“神味”之境界无不出于是也。故就新文化思想之树立而言，则唯有整体突破、超越吾国传统文化思想之最高境界而后，传统文化思想之优长乃能为新文化思想抑或吾国之后世、后人所利用、所真正吸收，否则吾国所复兴之传统文化思想，本质仍为其缺陷之利用、吸收，而弊大于利，上述由吾国传统文化思想决定、形成之束缚人、异化人及其主体性力量之礼法制度、秩序、格局、态势，将永无真正改变之一日。① 故反一切诸以社会化为样态、高度之力量束缚、异化、摧残人而令其陷入“非人”之境界之思想及其作为，因之自我得以真正提升、成就，社会得以更趋合理而发展进步，新文化思想不断得以树立，文艺作品（尤其文学）不断得以跻升至于趋于无限之美之极致之境界，则“神味”说理论体系之四大终极目的也。

吾国之传统思想文化、诗学以压抑个性（我性）为事，故确立消极、平和、冲淡、柔弱之思想精神为其正统，以“雅正”为号而一之，而归入“中和”，为审美意识、审美趣味之最高境界。如儒家思想，为积极之歧路，立以等级为核心之规范（礼法制度）而束缚人，以保有其既得利益，故谈艺每倡论“乐而不淫”“哀而不伤”“怨而不怒”“温柔敦厚”“思无邪”，历史上虽有个性突出者，亦多被视为异端或非正统。如道家思想，为消极之退避，由人境而回归物境，以保有其纯真，而反儒家之钳制人性、天性，故每倡论

① 吾国传统文化虽以儒、道、释三家为主，然其核心、主流而最深刻以影响吾国之文化思想、社会历史者则儒家思想，无不缘其以政治功利性为核心利益之思维、态势也，遂以造成吾国社会人大于法之境界，为“以人为最第一之价值”之最大障碍。故反传统之关键、核心，即根本批判而整体、彻底以反儒家思想也。儒家思想之缺陷、不足，拙著《论语我说》已系统论之，尚未出版。

“物化”“以天合天”“虚静”“心斋”“坐忘”“守雌”“柔弱”，虽欲张我性之逍遥自由、超逸旷达，而终不免于消极避世而无为，“大美无言”，所无者岂仅“言”哉？是“现实性”矣。就思想而言，两家虽貌似对立，然其审美意识、审美趣味，则终同归于雅正、中和之域，非“无我之上之有我之境”之思想精神姿态，以无论进退，其主要载体始终为吾国传统文人、士大夫之精英阶层也。其杰出者，如庄子，虽因其哲学思辨、文学魅力之最佳融合而大见主体性之色彩，然却乏现实世界无限丰富、复杂、深刻之“现实性”意蕴，以形而上学之意味为主，故无孟子“浩然之气”之内质，悠然逍遥而不浩荡磅礴。孟子之倡“浩然之气”说既不为后世正统儒家所喜，遂失却以沛然磅礴冲决“中和”之契机，若宋儒之“温润含蓄气象”，则直是“中和”之深化，亦狭隘化、弱化。① 明之王阳明又沿袭宋儒心学之一脉，更专主、深化“心学”之内倾品性，然后士之“气”也、“情”也弱化至极②，其冲决儒家正统思想而张大之性灵层

① 有宋审美意识之弱化问题，可参拙著《论豪放》（台湾花木兰文化出版社 2018 年版）第五章第一节所论。

② 王阳明《传习录》载：“先生游南镇，一友指岩中花树问曰：‘天下无心外之物。如此花树，在深山中自开自落，于我心亦何相关？’先生曰：‘你未看此花时，此花与汝心同归于寂。你来看此花时，则此花颜色一时（转下页）

面之主体性，亦仍局限于文人、士大夫之精英阶层大受吾国传统文化思想熏染之以“雅正”为主之审美意识、审美趣味之影响，而未能充分以得最为丰富、复杂、深刻之“现实性”助力，故未能冲破雅文化之根本格局，不能根本重视、吸纳世俗之现实世界之“俗”之精神、力量，作用有限。孟子之思想精神既未成主流，则其所影响，端有赖于个体杰出者之自觉。近代崇尚个性，又不能明个性（我性）之分“有我之境”“无我之上之有我之境”两种，多趋于“小我”之境，故亦不能根本扭转、矫正传统思想精神之弊。“神味”一旨之出世，倡“无我之上之有我之境”，不独为个性之突出者确立理论之根本渊源，且足以改变传统之片面，而大张主体之个性也。总而言之，涉入现实世界愈深，关怀世俗民生愈切，则“无我之上之有我之境”愈易得成就，而我性愈易出；“无我之上之有我之境”愈出，寄托于“细节”愈力而“九度”[①]愈彰显，“现实性”“批判性”“主

（接上页）明白起来。便知此花不在你的心外。’”世人多称道之，而不知其为强辩无益也：一则其友人问得拙，故王阳明能转移话题“相关”至“心外”；一则纵然不在“心外”，亦须前来看此花，方能到得，王阳明轻巧省略此一“前来”之作为实践，若切实、复杂之社会民生之事功，岂能如此轻巧；一则来看此花而“颜色一时明白起来”，乃是主体自我之感觉，非但此花并未如此，且并不在意是否如此，更要者，则若易此花为社会民生，则岂一轻巧之“来看”能以根本相关、改变邪？然后知诡辩之不能改益现实也。

①“九度”之义，详见本书正文第85页所论。

体性”之纠缠愈烈则“神味”愈易见。“无我之上之有我之境”“无我之境”之一根本区别，则前者其气沛然浩然，后者乏气抑或弱化其气，此皆主体弱化其“现实性”品性、精神之所使然，故其“主体性”亦弱。然后知主体内在之不浩然磅礴，不能臻致“无我之上之有我之境”，不能表其“现实性”品性、精神于作品文本，则其愈去“神味”之境界而远也。

“神味”说理论所崇尚之最高意蕴，即人、人类、社会所能臻致之思想精神之最高境界。真、善、美乃人、人类、社会之永恒追求，譬犹登山之最高处也，必历若干险阻，人生、社会无不然也，其最大险阻（阻力）即真善美之反面假、恶、丑，皆出于人、人类、社会之自身，故唯有历反对、抗争、揭露假、恶、丑之一路径、过程，始可获致最高层次之真善美，人性、生命乃能臻致最为圆满完美之最高境界，若不能直接关涉、表现、呈现为最为丰富、复杂、深刻、精彩之人、人类、社会利益纠缠、斗争，则必不能孕育最精彩之人类思想精神之花。故人世间无更高于反抗假、恶、丑之思想境界，无更高于勇于承荷因反抗假恶丑而遭受坎坷、磨难、痛苦乃至人生之悲剧之精神境界者也！人、人类、社会之最大阻力，即以既得利益者为存在形态之

“传统”，故“反传统”为“神味”之所以生之最大渊薮，而鲁迅小说、杂文之魅力迄今仍不稍减而居于吾国新文学之最高层次，无不以此也。欲臻致此一最高意蕴、最高境界，则“现实性”乃其根本之动力源泉。“现实性”之指向，为文艺、主体存在之根本问题。就文艺而言，主体之“现实性”品性、精神关涉主体自身及其作品文本表现之两层次，其后者为更要，故不可以主体自身之“现实性”品性、精神或胜，便想当然以为其作品文本之表现亦胜，吾国传统文化思想尤盛产圆滑世故、心口不一之人也。若王国维《人间词话》所言之“不隔”，乃就情景以言，就表达方式而论，此特小事耳，已隔一层，故“无我之境”之“无”若不能用为批判、否定之精神，则其为隔之根本实质也。无此“无”之批判、否定之动力，则断不能至于“无我之上之有我之境”，而身之融入现实世俗世界，而后有感情境界，而后有性情境界，而后有人格境界、思想境界、精神境界，亦即大俗之境界、豪放之境界，此真不隔也。① “不隔”之义，用之未必能至于“大我”之境界即“无我之上之有我之境”，而无之必不能至于“大我”之境界也。以诗论之，以主体之“我”而言，“意境”以陶渊明所造之“无我之境”为

① 另可参《诗词曲学谈艺录》卷一之三二则所论“隔”之三境。

最高境界，而“神味”则以辛稼轩所造之“无我之上之有我之境”为最高境界。以陶渊明仅人格境界可臻极致，而思想境界、精神境界则不能矣。即李、杜，其人格境界、思想境界、精神境界之综合亦高于陶渊明，而犹不及辛稼轩。即溢出文学之外，辛稼轩之人格境界、思想境界、精神境界亦堪称吾国历史之最完美者，以“现实性”之光芒，乃“无我之上之有我之境”之实质；现实性之光芒不足，豪放之精神则弱，“无我之上之有我”之成色亦低矣。故文学之“现实性”指向、品性不显不烈者，皆“技”而非“道”之境界也！

三、“神味”“意境”创造根本思维方式之区别

“意境”，以“以有限追求无限”之根本思维为主，故其所求之“大我”仍为个体之“小我”，为形式上之“大我”也；“神味”，则是以“将有限（或局部）最佳化”之根本思维为主，故其所求之“大我”乃是“无我之上之有我”，由世俗之社会民生锻炼而来者也。“神味”“意境”创造两种根本思维方式之区别，即《诗词曲学谈艺录》卷一之一八则所论造成两种“大我”之异之哲学因缘。① 根本思维方式

---

① 其言云：“‘大我’之境界，亦有两种：一曰‘以有限为无限’，由一己之身之小我而精神及于宇宙之大，能不以一己之利害为念，与天地（转下页）

之差异，最终决定作品文本终极艺术境界之不同，以譬喻之，"以有限追求无限""以少总多"为主之思维也，"将有限（或局部）最佳化""以小见大"为主之思维也。以少总多，其根本在意蕴之多少，即以最少之质素获致最多之意蕴；以小见大，其根本则在意蕴之高下，即以最少之质素表见最佳最高最上之意蕴。前者重量，后者重质，前者趋于共性，后者趋于独特性。以具体之作品文本譬喻之，则以"将有限（或局部）最佳化"为主而趋指于"神味"为最胜之艺术境界、以小见大者，如鲁迅之《阿Q正传》，以"以有限追求无限"为主而趋指于"意境"为最胜之艺术境界、以少总多者，如沈从文之《边城》，故由此可见，后者非文艺之最高境界；若《红楼梦》者，两美并胜，然以"神味"为

（接上页）万物同其体而同其志，喜怒哀乐渐归于常，以万物之性情为性情，以万物之精神为精神，此仁人高人之境界，吾国之士往往而有之者也。征之诗、词、曲，则其成曰'意境'。一曰'将有限最佳化'，苍茫无限之天地宇宙，虽一心之不可及，而未尝以一己为念想，但以有限之生涯，为最佳之事业，用其搏虎之力而以缚兔，期于世俗世界有所作为，以利于家国民生，因以成就'无我之上之有我'之姿态，而令其精神境界无限广大于其一己之身，而苍茫无限之天地宇宙若不能容之，身殁而志气不灭，以万物之性情为滋养，以生民为精神之眷恋，以人为世间最第一之义，此豪杰义士之境界，吾国之士往往不能有之者也。征之诗、词、曲，则其成曰'神味'。权衡两者，而后知前者'大我'之境界其心犹然在一己之'我'，犹不过'小我'之境界，不假而虚之境界，真如梦幻泡影镜花水月，如月之光华，不过为日光之折射耳！"

最胜,故可臻致文艺之最高境界——根本思维方式乃指示文艺臻致最高境界之可能性者,若不以"将有限(或局部)最佳化"之思维方式为主,则遂丧失臻致文艺最高境界之可能性者矣。故如丁玲之《莎菲女士的日记》者,渲染莎菲之情感纠结甚淋漓尽致,以尽"最佳化"之趋指,若"将有限(或局部)最佳化"之根本思维方式,然却非也。盖其所"最佳化"之有限(或局部),乃以少总多之"有限","以有限追求无限"之"有限",为点之"有限"之"最佳化",而非面抑或立体之"有限",故其刻画虽淋漓尽致,却始终反复、苍白,罔不因其所写之现实极其狭隘,细节大大不足,非面抑或立体之"有限"之"最佳化"也。细节乃囊括、表现现实之最佳之最小质素、单位,细节之不足,焉能不反复、苍白?故唯细节淋漓尽致之"有限"之"最佳化",乃真正之"将有限(或局部)最佳化"之根本思维方式。即此"有限",苟能以细节为根本,而求其"最佳化",则其终极之艺术境界必能兼有"以有限追求无限"根本思维方式之长;若不能以细节为根本,细节不足,则虽能具"以有限追求无限"根本思维方式之长,而不足以兼有"将有限(或局部)最佳化"根本思维方式之长也。故作品文本外在形态之层次能否大用细节,即两种根本思维方式之所以区别之关键矣！①

“意境”之“以有限追求无限”之思维、创造方式，根本于老庄哲学之“有无之辨”，其核心意蕴为有、无两者之极端化，即愈以有限之“有”表现无限之“无”，则其境界益高，乃外倾化发散之思维，以求“天人合一”“与物为一”，乃以物为本之思想，或令主体无限之缺失其“现实性”精神、品性，或唯知利益固化之无限性，故其内质愈益趋指于“稀薄”之态势，终不免于主体之平和、柔弱；“神味”之“将有限（或局部）最佳化”之思维、创造方式，则内倾化凝聚之思维，根本于自我之在世俗之现实世界中之提升、成就，乃以人为本之思想，故主体能以凝集所有而将此有限最佳化，虽名为有限，而实趋指于无限丰富、复杂、深刻之

① 两种思维方式之区分，除作品文本外在形态之“大用细节”之一因素外，其更关键之内在层次，则运用“细节”之是否能贯彻“最佳化”之思维，即并非“大用细节”，即可见为“将有限（或局部）最佳化”之根本思维方式。如《边城》一作之细节甚少，此一则由于作者情思之幽渺，一则由于其文本之容量亦非甚巨，与此两者不同而能多有细节者，则如钱锺书之《围城》，即能大用细节而仍为“以有限追求无限”根本思维方式之一例。所以如此者，无不在《围城》一作根本与“神味”说理论所崇尚之最高意蕴略不相关涉，故“细节”一义终不能臻致其自身内部“最佳化”之最高境界。此外又有如《西厢记》者，以所写之事关涉“神味”说理论所崇尚之最高意蕴，且能以文体之优势突破诗歌“抒情性”为主之态势，而大增进“叙事性”，故虽仍追求以“意境”为最胜之艺术境界，然其中之“细节”“神味”，则境界高于《围城》也。

现实世界，故作者之主体性凸显而出，终由最初阶段之性情，经历"有我之境""无我之境""无我之上之有我之境"之逻辑、现实提升，而见为主体、风格（姿态）双重之磅礴伟美。此一有限本身愈无限则愈佳，愈无限则主体之"现实性"品性"愈烈愈佳，但最终仍根本决之于主体"最佳化"之手段耳，此与"以有限追求无限"思维方式之形式上之"以有限追求无限"，即大体一定限定此有限而追求无限之境界，根本有别也。"以有限追求无限"根本思维方式之见为哲学形式层面之缺陷，即乏"无"之上更高境界之追求者矣，主体之"现实性"精神不加以益之，则此问题终不得根本之解决也。

"神味""意境"新旧两审美理想艺术境界创造根本思维方式之区别，特就其以何者为主而论之也①，两种思维方式本即不可完全分割，而多自然之相互交融。然其最高境界，则必以"将有限（或局部）最佳化"为主而兼有"以有限追求无限"②，若一言以蔽之，则"无限杂多之凝

---

① 凡笔者"神味"说理论之建构、阐释之关涉"意境"或其他理论之对比者，均就彼此之主要方面言之，读者不可不知此，而陷入绝对化也。

② "将有限（或局部）最佳化"，其侧重点在内在意蕴之凝集、结晶而出"神味"，而外在形式为此内在意蕴之"将有限（或局部）最佳化"服务（如老舍《茶馆》一作，所以"神味"特出者，与"茶馆"本身即有利于充（转下页）

集、结晶"也,其中"无限杂多"为"以有限追求无限","结晶"为"将有限(或局部)最佳化","凝集"则为两者之中间过渡形态。此一意义上所言之"以有限追求无限",亦高于"意境"之所作为者:"意境"以抒情为主,以"意象"("情景")为建构之主要质素,关涉"现实性"之"叙事性"颇阙,乃泛泛之"天人合一"("物我合一"),若立足于"叙事性"之"现实性"以言"以有限追求无限",则大过于"意境"根本思维方式之"以有限追求无限"者矣。故如吾国以五七言绝句、律诗为代表之经典文体样式,虽文体样式之层面能为"将有限(或局部)最佳化"之根本思维,然其容量所根本限定者,实为"现实性"之无限丰富、复杂、深刻之质素、意蕴耳,即仅能为"技"之境界之"将有限(或局

(接上页)分凝集若干质素如各色人等之一因素,密切相关),其外在形式之长度及由此生成之作品文本之容量、艺术境界之空间之扩大,无论其长度、容量、空间多长多大,始终以此内在意蕴之"将有限(或局部)最佳化"为根本,其最典型之文体如叙事诗(如元曲之剧曲)、电影及小说等;"以有限追求无限",其侧重点在外在形式,而内在意蕴则趋于形上共性之品性,其外在形式之长度及由此生成之作品文本之容量、艺术境界之空间趋于短小,以凝练、强化其内在意蕴,始终以此方式为内在意蕴之"以有限追求无限",即以外在形式之"有限"凝练、强化其内在意蕴以追求其趋于"无限"之性质,其最典型之文体为五七言绝句、律诗及山水画、花鸟画等。故"将有限(或局部)最佳化"乃"内在律"之提升至内容(意蕴)之层面者,而能"形神俱不散",若"以有限追求无限"则可谓之"神散形不散",故前者能兼有后者之长也。

部)最佳化",故其作品文本艺术境界建构之最小质素、最小单位为"意象"而非"细节",如此则易陷入无限重复、模拟、复古之态势,遂丧文学最根本之创造性矣！若其建构之最小质素、最小单位能以"细节"为主,则必将强化作品文本之"叙事性""现实性""主体性",而突破篇幅极短、容量极小之格律诗之文体样式矣,此元曲剧曲之所以进乎诗词文体样式之根本动力者也。吾国以五七言绝句、律诗为主之诗歌文体样式,乃非真正之"将有限(或局部)最佳化"之根本思维之体现,真正之"将有限(或局部)最佳化"之根本思维方式,即在"技"之境界之层面,亦甚需文体样式之更为丰富、复杂,甚需因此而得必然拓展之相当之容量,若五七言绝句、律诗之容量极小者,虽能于形式上为"将有限(或局部)最佳化"之根本思维,亦譬之粒米为炊,所得极为有限,貌似为"将有限(或局部)最佳化"之极致,实则为"现实性"之狭隘,以形式极端限制内容,而令"英雄无用武之地",且容量增加则"将有限(或局部)最佳化"之难度愈甚,实回避文艺更高更上之复杂艺术境界之创造矣。就作品文本之创造而言,则两种思维方式均极重要,就创造过程而言,则"以有限追求无限"之作用居前,为创造前期之"道"之境界,而根本决定主体之介入现实世界之“现实性”之程度、限度，根本决定作品文本之最终质量之能臻致何种之程度、限度；“将有限（或局部）最佳化”为创造后期之“道”之境界，而根本决定主体之介入现实世界之“现实性”之表现于作品文本之程度、限度，根本决定作品文本之最终质量。能一此两种根本思维方式者，则主体“无我之上之有我”之成就也。所以如此者，盖文艺创造特加作者之一层，若不为作者，则仅有前期之“无限杂多”之积累亦甚佳，而亦必有所裨益于主体之其他方面（如人生、事业、思想、精神）。就作者而论，其创作时前期“无限杂多”之积累已然而具，以“意境”为最高审美理想之作者虽或逊此，而大体亦呈现为此一态势，故根本决定能否臻致“神味”之境界而突破、超越“意境”者，即“将有限（或局部）最佳化”之根本思维方式，其所寄托、表现之最佳最小质素、单位，即“细节”一义矣。

四、“神味”之本质特征及“神味”“意境”建构最小质素、单位“细节”“意象”之区别

“神味”之本质特征为不可复，此由主体成就于世俗之现实世界各自之独特历程，所体认无限丰富、复杂、深刻之社会民生意蕴及其所寄寓之“细节”之不可复所决

定。“意境”则多复而大同小异，此由“情”“景”易单调故也，单调之情景融合历代皆复之传统文化之共性、趋于固定之意蕴而成“意象”，故“意象”亦久之而单调，而成乏新鲜生命力之陈词滥调，唐以后之诗史足以证此；其中所浸染之传统文化之色彩，亦因趋同而易复。①

“神味”之“味”，特指“无我之上之有我之境”经于世俗而后之所得者，故其性无二，寄在“细节”，而不可复。故“细节”为建构“神味”之最小元质②，“意象”为建构“意

① 就本质言，吾国之传统文化思想，先秦诸子已造巅峰，后世虽有释氏之阑入，然亦必历“中国化”之委曲而后可。故先秦之与后世思想，仅有深浅繁简之别，而略无本质之异。若不触及无限丰富、复杂、深刻之“现实性”，则为吾国文人、士大夫精英阶层之所喜而濡染者，不过为精神层面之共性意蕴耳，焉能无复？20 世纪五四新文化运动之“破”尚不彻底，今人以为矫枉过正，不过乃厌恶政治暴力形式心态之反动，或乐于延续坐享传统文人、士大夫精英阶层既得利益者之统绪，而新文化运动无实质性之“立”，又为其致命之缺陷。然谓之五四新文化运动尚未成功则可，谓之破旧立新之精神、路向非是则不可，中华民族之复兴，必待之新文化思想之树立也。

② 《诗词曲学谈艺录》卷一之五五则：“诗之形式，以细节为其灵魂，表现世间所有之最饱满、丰富、集中、深邃者，唯细节为最能，唯诗为最佳。情景亦细节也，但情景偏重于抒情，远不如事之一义更为细节之本色，而神味更饱满、丰富、集中也。小说亦易以细节为胜，但其意蕴分属整体，且往往不能与作者之主体性情相关，是外人而非自家景色。……‘细节’一义不独以最小单位为最大、最丰富、最复杂之形象、情感、意蕴、境界、神味，且能通贯文艺而论之也。‘神味’说之‘将局部或有限最佳化’，义在兹矣。”

境"之最小元质①,"神味"以"细节"为建构、表现之核心,"意境"以"意象"为建构、表现之核心,"细节"不可复而"意象"可复,此两者构成要素、表现之根本区别也。故言"意象",远不如言"细节",作品文本建构之以"意象"为主,远不如以"细节"为主,"细节"乃艺术境界建构真正之最小、最佳质素、单位,其丰富、复杂、深刻远非"意象"之可拟。"细节"为"无我之上之有我之境"之最佳寄托、载体,"意象"则不足以见是否臻致其境,如深具吾国传统文化思想形上意蕴之"菊"之一意象,既可表"无我之境",亦可表"无我之上之有我之境",若深具"不可复"性质之"细节",则或可表"无我之境",或可表"无我之上之有我之境",鱼与熊掌两者不可得兼也。

就已完成之作品文本而论,则无论其内容、艺术境界见为何种境界,但作者主体之思想精神最以"现实性"品性为胜,即深具表见世俗之现实世界无限丰富、复杂、深刻之社会意蕴者,即可视为臻致"无我之上之有我之境",

① 此两处所谓"最小元质",乃自建构最终艺术境界之具决定性意义之最小单位,如"意象"之建构"意境",若仅以"最小"为言,则更小于"意象"之单位则有"情景"(文学中寻常之语词之名事物,而无成熟之传统文化精神之濡染者,则谓之"情景",如"树""石""碧波"之类,具成熟之传统文化精神之濡染者,则谓之"意象",如"青山""梅""竹"之类),知乎此,则知"细节"之于"神味"之意义矣!

其能见为“以人为最第一之价值”之思想意识，因之能具“豪放”之精神而不受既有礼法制度、规律、风格、表现方式（手法）之束缚，不掩盖其于现实世界之真实意识、思想、精神者，则即“无我之上之有我之境”之高境者矣，建构作品文本及“神味”艺术境界之最佳之“细节”，必出诸此焉。如鲁迅之《阿 Q 正传》所写之阿 Q 之一形象，虽其形象本身在主体之层面不足臻致“无我之上之有我之境”，然作者以“现实性”“批判性”“喜剧性”之上之“悲剧性”表出之，则作者之为主体之臻致“无我之上之有我之境”而毫无疑义也。相关之“细节”淋漓尽致，故此作之“神味”极为特出。

“意象”之高质量抑或其连缀之效果，亦以趋指于“细节”之境界者为最佳①（然不能真正臻致“细节”之境界），然“细节”之境界，则远非“意象”之所能窥矣。言“细节”，则“意象”自然与俱矣。“境界”说、“神韵”说、“格调”说、“兴趣”说之类咸以“意象”为本，而“神味”说则以

① 如或云“两个黄鹂鸣翠柳”，“黄鹂”“翠柳”非“意象”，唯全句乃一完整之“意象”。除其于“意象”之体悟未精到外，全句见为“意象”连缀趋于“细节”之态势、性质，则甚明晰。唯以人事为主而具相当之“叙事性”品性，“意象”之连缀乃可能成就真正之“细节”也。相关理论，笔者《论“神味”》一书第五章第二节详有阐析，可参看。

"细节"为本,故言"境界""神韵""格调""兴趣",不如言"神味",以"意象"笼统而浮泛肤廓,可复而易流于模仿,"复古性"太强,"现代性"太弱,因之往往而难见主体性个性之品性、境界,未若"细节"之不可复,因之其复杂、丰富、深刻更能接于、承载世俗之现实世界之况味、意蕴,远较"境界""神韵""格调""兴趣"之类更能建构高质量之复杂、丰富、深刻之"神味"艺术境界也。故若以"系统性"之角度观之,"细节"以"将有限(或局部)最佳化"之根本思维方式为主,乃作品文本、艺术境界最小质素、单位层次之最佳之"系统性"作为、呈现,"意象"以"以有限追求无限"之根本思维方式为主,则削弱、降低其"有限"至最低程度,由之以追求"无限",乃最差之"系统性"作为、呈现,故两者质量之高下,不言而喻矣。"细节"较之"意象",其在"有限(或局部)"之层面更具外部之"系统性"特质、品性,以联络更多之质素丰富其内,"意象"之系统性则多见为其本身之内部者,且其"系统性"极有限;更高之"系统性"建构即作品文本、艺术境界之终极建构纳入"细节"之最小质素、单位之时,"细节"之外部之"系统性"特质、品性即转为更大系统之内部之"系统性"特质、品性,遂完成其在最小质素、单位层面之"最佳化",并以

"最佳化"后之"有限(或局部)"服务于更大之整体之"系统性",而令作品文本、艺术境界趋指于"最佳化"之态势、终极目标。故"细节"之特质、品性、质量、价值、艺术魅力,均远过于"意象","发现""细节",此于新文论体系之建构深具决定性之意义。艺术境界建构最小质素、最小单位层次之基础质素、单位众矣,然唯"意象""细节"两者最具代表性,最有价值,故亦唯此两者,乃具对决之资格。"意境"之一旧审美理想既以"意象"为最小质素、最小单位,其缺陷、不足、弊端已然若是,已然非20世纪以后吾国文艺所追求之最高最上之境界,则唯有"细节",方能为新审美理想之最小质素、最小单位,而开辟新天也。故吾国文论苟不自对待"意象"之一般性意义之"散点"研究、阐释之思维局限之中突围而出,自"系统性"之更高层次即理论体系建构之层次深思、研究、解决一切诸理论问题,则文论真正之创新不可见也。① 故大重"细节",非但可突破、超越美学、文论之以一般性意义之层面观照、阐释"意象"而无能于解决20世纪以后文论之现实理论问题(最大现实理论问题为审美理想及其理论体系之更新),且可由之探索、建构有别于以"意象"为最小质素、单位而得建

① 西方美学、文论亦同此思维局限,而美学较之文论领域为尤然。

构之“意境”之一中国传统文艺旧审美理想之新审美理想理论体系也。①

“以有限追求无限”为量变，而寄托于“情”景、“意象”；“将有限（或局部）最佳化”则为质变，而寄托于“细节”。“细节”者，“神味”之灵魂也，“神味”说理论体系之所有要义，均可凝集、结晶于此，而共趋指于“神味”之艺术境界。如“细节”为“无我之上之有我之境”之最佳寄托，故不可仅谓之为“神味”说理论体系形式层面之灵魂也。“细节”之质量，以“九度”为准衡：密度、强度、力度、高度、深度、厚度、广度、浓度、色度，以愈益者为弥佳。②“九度”之效果趋指于“凝集”之品性，然因其所凝集之质素之丰富、复杂、深刻，而无不为“神味”之淋漓尽致也。故“神味”者，非如王国维《人间词话》所言“境界”之有无可也，而关键在于“细节”所见“九度”之程度；而“九度”之程度，又无不缘“无我之上之有我之境”成就之如何，其

① “细节”本既有理论之一义，然仅见为常识层面之意义，从无就“细节”理论作为本体研究者，无论深入、系统之探究矣；更无以之为“细胞”（犹马克思之言“商品”）以建构一理论体系者。亦唯有作为上述两点，“细节”一义乃能提升其理论之层次，见其应有之理论魅力。故如“细节”纳入某一理论体系而提升其理论之本体研究、理论内涵与魅力者，亦理论创新之一种。

② “九度”乃概括约略而言者，以其为代表，实就“细节”抑或“神味”建构所“凝集”之质素言之，则不仅此也。

根本对应者，即无限丰富、复杂、深刻之世俗之现实世界意蕴之凝结于“细节”，且其意蕴之愈见真假、美丑、善恶之对比、矛盾、冲突之烈者，则“细节”之质量益佳，而“神味”愈出。故陶渊明之人格境界虽极高，然若并以考量思想境界、精神境界二义，则其尚不如辛稼轩为高。其归隐之后，则虽人格极高，而终停留于“无我之境”，不能逞其“现实性”，与“无我之上之有我之境”之成就之凝集、结晶、表现无限丰富、复杂、深刻之世俗之现实世界之社会民生意蕴之一路径为反方向，则其作品文本能有几多高质量之“细节”？如《五柳先生传》《归去来兮辞》之类，亦多共性意蕴之“意象”，而非真正之“细节”。略以概之，则“意象”可分三境界：如“雨”“树”“石”“黄鹂”“翠柳”之类，仅为自然、物质层次之寻常审美意象，尚无极为成熟之吾国传统文化共性意蕴之寄托，为“意象”之第一境界；如“青山”“小楼”“江南”“菊”“嫦娥”“蛾眉”之类，已为极为成熟之吾国传统文化共性意蕴之寄托，为“意象”之第二境界；脱出吾国传统文化之共性意蕴，而独具代表性之新意蕴，则 20 世纪以后或西方世界文艺作品文本之“意象”，如于坚《0 档案》中之“0”、卡夫卡《变形记》中之“大甲虫”、马尔克斯《百年孤独》中之“猪尾巴”、莫言《红高粱》中之“红高粱”、顾城《一代人》中之“眼睛”，抑或单体具象征之共性意蕴之“意象”，如图腾、毕加索变形之绘画“意象”，为“意象”之第三境界。第三境界之“意象”，因其已然以脱出吾国传统文化思想意蕴为旨趣，而深具“现代性”之品性，故其佳者已然可为“神味”艺术境界建构之基本质素。然因“意象”缺乏丰富、复杂、深刻之“叙事性”，故其质量远不如“细节”。典故可视为“意象”之第三境界，其“叙事性”虽已造“意象”之巅峰，然因容量之限制，却成被“阉割”之“叙事性”，创造“神味”艺术境界之无限丰富、复杂、深刻之“细节”之最佳表现形态，恰为其所遗弃矣。相对于“意象”之三境界，“细节”亦可分三境界：“‘细节’一义，其在‘神味’说之范畴，与其寻常义尚有不同。其最高义，则能以见‘无我之上之有我’者也；其次者，则以‘将有限（或局部）最佳化’之法而致‘九度’者；再次者，则细节之寻常义之所见者。”①文艺之最重“细节”，作者之为主体乃能深具以“叙事性”为主之思想意

① 引自拙著《元曲正义》，台湾花木兰文化出版社 2018 年版，第 198 页。此处所论“细节”三义之三境，乃就真正之“细节”之意义而言者，即以“细节”之根本性质“不可复”以论之者，而“不可复”之关键为“叙事性”，“叙事性”之关键为“现实性”。“意象”之三境虽层次不同，然其单体均不以“叙事性”为主，故均可复，则一也。拙著《论“神味”》第五章第二节详论之，尚未出版。

识,其思想精神乃能最具“现实性”品性,作品文本之“主体性”“现实性”力量、魅力乃能最为彰显,乃能臻致磅礴伟美之境界。若无此思想意识,则作品文本之艺术境界易为精致典雅之小气之境界者矣。“神味”于“九度”均要求极高,若“境界”,则往往偏于“高”之一义,衍及“远”“大”“静”“闲”“逸”之类而已耳。若“细节”而能兼“象征”一义,而贯之全体,与思想精神相映照,则益佳,其所以然者,“象征”(其小者则为“隐喻”)乃成熟人生观、价值观之理想整体作用于作品文本者,故其为“细节”之助力,远非“兴”之作用于“意象”之助力矣:“‘细节’一义,除上述‘最高义’‘其次义’‘寻常义’而外,若仅以形式言之,则提升其质量之根本之法,乃有两端:一即‘其次义’之所言;一则隐喻、象征两义也。此两端者,前者提升‘细节’质量之效用无须多言,乃自‘细节’之为‘有限(或局部)’之内部、较小角度作为者,而后者则自‘细节’之外部、较为宽广深邃角度作为者,此两端和合为力,‘细节’之质量乃能臻致最佳之境界,乃能出最佳之‘神味’也。隐喻、象征两义,乃‘细节’关涉、表现世俗之现实世界社会民生意蕴之最佳之法,由此亦可见‘神味’‘意境’两审美理想根本之异:吾国传统文艺以‘意象’(‘情景’)为主而建构之‘意境’,其所凭借者以‘兴’为主,虽或有隐喻、象征之用,然整体迹象未显,其显而大且佳者,则必已溢出以‘意境’为最高最上之审美追求之范围,如明清之小说(如《西游记》《聊斋志异》《红楼梦》);以‘细节’为主而建构之‘神味’,其所凭借者以隐喻、象征为主,吾国古代文艺之中有若诗歌之如《石壕吏》《北征》《离骚》者,有若小说之如《西游记》《聊斋志异》《红楼梦》者,而20世纪以后吾国文艺之主流已然不以‘意境’为最高审美理想之追求,故无论小说、诗歌,其能获致最高最上之成就、价值者,无不以‘神味’为最高审美理想之追求,而以‘神味’为最高审美理想之追求者,其能获致最高最上之成就、价值者,无不以隐喻、象征笼罩其整体并化为若干之‘细节’以成就其‘有限(或局部)’之最佳化,如鲁迅、莫言之小说及朦胧诗之类。原其究竟,则‘兴’虽为赋比兴三者最佳之法(此由不重‘赋’之一义之偏执所致,且局限于以‘意境’为最高最上之追求者,若以‘神味’为最高最上之追求,则‘赋’之价值远过于‘兴’矣),然却仅为隐喻、象征之初起境界,吾国古代诗歌因吾国传统文化思想之保守而乐于格律化之定型,审美意识又主于雅致小巧,以致诗歌之体制以短小为主,故不得不以‘意象’(‘情景’)为主而非以'细节'为主以建构文艺之审美理想境界,隐喻、象征之法因不得大行矣,极为可惜也!元曲之剧曲虽能稍长其体制容量,然隐喻、象征之为'细节'一事,仍甚薄弱;而若能用隐喻、象征,则虽不必长而效用或甚大也,如二十世纪以后之新诗如朦胧诗者、网络段子及类似文字。总之,'细节'一义之于文学之价值极大,吾国古代文学好用之'典故'('隶事'),乃即'细节'之用之一形态,但可复耳。其可复之性质,大与'意象'类,故仅可视为低度之'细节',其所见之'神味',亦颇有限。而推原'典故'('隶事')可复之根本原因,则其本身或其用虽或极佳,然总归为已然者,一典故为一'意蕴之世界',然却已是趋于死亡之'意蕴之世界',不若隐喻、象征与时俱进关涉世俗之现实世界社会民生意蕴所创造、寄托之'细节',乃若干无限丰富、复杂、深刻之鲜活独特之'意蕴之世界'。拙著《诗词曲学谈艺录》尝云:'诗非独为一切诸艺之最高形式,且为世间人之所以为人者所能达致之最高境界、最高可能',故无论诗歌、小说、戏剧,'细节'皆可谓真正、最佳之'诗眼'也。"①"兴"之一义,仅为文学艺术境界之初

① 引自拙著《元曲正义》,台湾花木兰文化出版社 2018 年版,第 199 ~ 200 页,拙著《稼轩词选笺评》尝引之(阳光出版社 2015 年版,第 79 ~ 80 页)。

起、引入、渲染手段之具，其佳者形象淋漓、生动感性，然偏于“技”之层面，主体之思想精神之关涉、表现，尚需更为深入之拓展，而以“叙事性”为主，此则非“兴”之所能任者矣。若“象征”一义，则可大关涉主体之思想精神，而无限延展作品文本之容量，建构独立之艺术境界系统。吾国古之文学以诗歌为正统主流之样态，根本得力于老庄哲学“有无之辨”，即奠定“意境”理论“以有限追求无限”之根本思维方式者。此种有限适极度限制诗歌之篇幅，令其容量极小，此吾国古之诗歌渐趋于以短小之格律诗（五七言绝、五七言律）为主之途路之根本原因，若排律之类，乃其基本失败之产物，文学性之佳者极少。元曲之剧曲格律益为艰深，然知以“叙事性”为拓展、为主，故遂造作为“一代之文学”之兴盛、大观。若明清小说，无元曲格律之艰深而深具“叙事性”之先进因素，故遂彻底颠覆诗歌之在吾国古之文学之正宗、主流地位，亦遂颠覆吾国古之文学以“雅正”为主之审美意识、审美趣味。故短小体制之诗歌，断无大力发展“象征”一义之可能，断无以“叙事性”为主之可能，有之，则必自体制束缚之脱然始，如屈子之《离骚》，惜乎此种兼具“象征”“叙事性”优长之理路，后人并未大力继承发展之,其根本原因即老庄思想“有无之辨”哲学层次之羁縻。上述种种,俱可以“细节”一义为核心关联之,而可得明澈之体悟也。

举例进而以明“细节”“意象”之区别:“细节”乃“将有限(或局部)最佳化”,其结构、意蕴均为内聚凝结式,故其至于“九度”之相当程度也,其反作用力之发散性亦强。即其发散性来自“细节”之质量,又因哲学、人生高度之形而上意蕴与象征(隐喻)二义而强化其发散性,即发散中仍兼具内聚凝结性。故其最终所成之“神味”,多本于“细节”之质量、哲学人生之形上意蕴、象征(隐喻)之和合,“细节”“神味”均不可复。“意象”乃“以有限追求无限”,其结构为“意”“象”之并列结合式,“意”多趋于固定,虽具发散性而难以逾越此“意”之范围,且其发散性更在主体之“意”选择之下之“意象”之组合而成“意境”,更在此“意境”之整体大于“意象”单独相加之和之形式结构时空性境界之拓展,其中之形上意蕴乃吾国传统文化共性之表现、寄托,因其但有高下深浅之别,而无本质之异,故无论“意象”“意境”,而均可复。如“青山”之一意象,无论单独抑或以之为“意境”建构之基本单位(如辛稼轩《贺新郎》之“我见青山多妩媚,料青山、见我应如是”),均为“意象"而非"细节";而如"网"之一词,则可为"意象",亦可为"细节",其为"意象"者不必赘论,而其为"细节"者将何以致之邪? 如北岛《生活》一诗,其内容即"网"之一字,经此经营,"网"之一字,便由"意象"而进于"细节"之境界,而见"神味"矣。"网"之为"意象"者,则可复;其为"细节"者,则不可复矣! 其所以进之者,不亦足以启发吾人哉! 所以然者,无不由"网"之一字可体现"细节"之诸义,如"将有限(或局部)最佳化",具哲学、人生高度之形而上意蕴与象征(隐喻),故"青山"之为"意象"而趋指于传统文化之共性意蕴,而"网"之为"细节"则趋指于世俗之现实世界之丰富、复杂、深刻之生活也。① 又如陶渊明《归园田居》其一:"狗吠深巷中,鸡鸣桑树颠",此是"意象"。若因差役收租横行而鸡飞狗跳,便是"细节"。又如李太白《将进酒》:"烹羊宰牛且为乐,会须一饮三百杯",此是"意象",若杜甫《自京赴奉先县咏怀五百字》之"朱门酒肉臭,路有冻死骨"、张籍《野老歌》之"西江

① 此种类似"意象"之"细节",其佳处在能用象征、隐喻,意蕴则指向共性,即虽较丰富、深刻,然不复杂,故仍具可复之性质,非高质量之"细节"。以单位视之,其性质亦似"意象",若高质量之"细节",必超出于单体语词之态势。故如"网"之类"细节",仅具意蕴层面臻致"神味"之可能,其所构成之基本单位之系统,则非先进者,非真正之"将有限(或局部)最佳化"境界也。

贾客珠百斛，船中养犬长食肉”、白居易《轻肥》之“食饱心自若，酒酣气益振。是岁江南旱，衢州人食人”，便是“细节”。故如陶渊明之隐居避世，以削弱“现实性”为代表，诗中便不能多作为“细节”，而唯有依赖“意象”。又如孔孚，以山水小诗名，尚清远灵秀，然以“意境”为根本之追求，故仍在“神韵”之境界，且成功者极少；如其《大漠落日》，仅两字两行：“圆/寂”，生动形象而兼具释氏之义理意蕴，可谓之佳作矣，然此义理意蕴仍为共性，故乏个性而少独特之“新”质，故虽取极微妙、微小之“意象”（情景）表现之，而仍不能进于“细节”之境界，其有限之“神味”仍为“技”之境界也。又如卞之琳《断章》，亦同一性质，虽有叙事，然为趋于共性之“事”，而具共性之意蕴，故仍多形成“意境”；其“神味”来自其中对比而得彰显之人生形上意蕴，虽情境巧妙，然仍趋于共性，相对以前类似之意蕴，属质量量变之提高而非质量质变之改变。又如顾城之《一代人》，与《生活》之篇性质相同，亦短诗之尤者，则“眼睛”足以为“细节”，而非或仅非“意象”矣，全诗两句之精彩，全在此“细节”之演绎，故“神味”淋漓，小诗而见磅礴郁怒之气质。故同为短诗之精彩者，其所以异者，乃有若是者。若进而论之，则诸篇之高下，固在“神味”，若仍不能分别，则可以“神味”说理论之核心义理观之，即我之所以由“有我之境”“无我之境”而跻于“无我之上之有我之境”者，或虽不足以臻于“无我之上之有我之境”，自“我”性观之，亦足判顾城之作为最佳也。

除此而外，自微观以言，则“细节”尚具高级之本体论[①]之哲学意义，即世界与人之本质为“细节”，而非“意象”。人及人类社会之一切诸作为，均当以“细节”为核心。人类文明之根本奠基，形而下者在于改作世界，形而上者在于意蕴、意义之发明、建构，并以此意蕴、意义建构、彰显自我乃至群体生存、存在之根本、最高、终极意义，厥成其独立而富魅力之世界。能以统领此形而上、形而下之津梁者，则独属于人类世界之复杂、丰富、深刻之“符号”及其系统也，为个体、群体所创造、建构之意蕴、意义之归集。然“符号”犹然不过其中之最基础亦即最低级之阶层、形态者，就建构自我乃至群体生存、存在之根本、最高、终极意义之独立而富魅力之世界之最具代表性、最

① 之所以以“细节”为高级之本体论者，盖低级之本体论常以僵化固定之某物某理为世界之本质，并以此定义世界本质之原初思维定义人之本质，若“细节”则变动不居，本身即一趋于丰富、复杂、深刻态势、意蕴之系统，其根本性质为“不可复”。

关键、最具里程碑意义之最小质素、单位而言，则“符号”又可提升至“意象”“细节”之两境界，“符号”此一意义之提升、划分，乃根本决定个体、群体所终极趋指之世界、艺术境界本质之差异。就此形而下、形而上之统领之意义而言，“意象”所创造、构成、呈现之世界、境界，乃较为原初者，其系统性较差，而“细节”所创造、构成、呈现之世界、境界，则系统性极强，且富于“神味”，为人类社会所能臻致之终极世界、最高境界。抛除“细节”，世界可在自然之原初意义上被把握，然人则无法被真正把握，人之本质将无复存在也。人之与外部世界之关系也，见为三种之境界：人天然存在于外部世界，如此所形成者乃自然世界、境界，此第一境也；人能解释外部世界，以此或以彼、以汝或以我，如此所形成者乃思想世界、境界，其最高层面则人类古往今来之一切诸思想、哲学理论体系，此第二境也；人真正创造外部世界，彻底改变人纯粹为外部世界之天然延伸之态势，能以自我之思想、意识创造异于自然性层面之外部世界，如此所形成者乃意义（意蕴）之世界、境界，并由之更进自我之提升，此第三境也。第三境之创造，其最为关键之核心现实实践环节即“细节”矣。人创造世界、境界之能力或有大小广狭，然践行自我之思想意识于现实世界、现实生活，则罔不积极以“细节”表现之也，人以此成就真正之自我，亦因此而建构若干大大小小、形形色色，无限丰富、复杂、深刻之“细节”充盈之世界、境界，以彰显其存在之意义（意蕴）。“细节”为“神味”艺术境界建构之最小质素、单位，其先进、高级、丰富、复杂、深刻，远过于“意境”艺术境界建构之最小质素、单位“意象”也，此一最小质素、单位层面之根本差异，乃真正决定歧于吾国传统文艺旧审美理想“意境”之路径，而更高更上之新审美理想乃遂可期也。由此而言，就哲学之根本意义而言，则虽谓之“人存在于‘细节’”，人之最高使命、生命存在之最高价值在于创造“细节”，并由“细节”之最小质素、单位以造更为高级之世界、境界，不为过也！故“细节”乃作者、文本之真正出路，亦作者之真正挑战、文本建构真正难度之所在，无能于多且高质量之“细节”者，终难与于文艺之最高境界也。

五、“神味”“意境”最高诗性之区别——“叙事性”与“抒情性”

“神味”之最高诗性，见为“叙事性”，而“意境”之最高诗性，见为“抒情性”。① 以“抒情性”为主之文艺，其最高境界则为“意境”之一旧审美理想，而以“叙事性”为主之文艺，其最高境界则为“神味”之一新审美理想。由上所论“细节”之本质、特性，可确知文艺中之“叙事性”之为诗性，高于“抒情性”之为诗性。其根本所在，即“细节”之本质、价值、诗性，均高于“意象”。其所以者，“叙事性”较之“抒情性”，为更近于人之存在之本质也。就两者之辩证关系而言，“叙事性”之包容性更强，极易兼有“抒情性”（无论形而上之哲学、人生思蕴矣），而“抒情性”则不易兼有“叙事性”，或以“抒情性”为主之作品文本，其“叙事性”殊无足道，此由吾国古代诗歌之情态可见也——吾国古代诗歌至于唐代而臻巅峰，“意境”亦然，“意象”至是大为成熟，“抒情性”亦然。物极而衰，后来无以为继者，必待“叙事性”一义，诗歌乃能大进，文学乃能拓展及于更为

---

① 此处所谓“最高诗性”，乃自“细节”“意象”即建构根本相异之“神味”“意境”艺术境界之最小质素、单位之角度而言之者，即“意象”侧重于“抒情性”，而“细节”侧重于“叙事性”。若主体层面之最高诗性，则必能臻致“无我之上之有我之境”者；风格层面之最高诗性，则其表面见为诗之形态，而内里则见为磅礴伟美之悲剧性，即诗性与悲剧性之完美复合。层面不同，最高诗性之观照自异，此处所以不列“无我之上之有我之境”“磅礴伟美之悲剧性”两义者，以外在逻辑形态之层面，此两义不足以根本区别“意境”“神味”两种艺术境界也。

恢宏磅礴之境界，而“意境”蹊径范围内有限无上之“神味”，乃能大为孳衍，无限丰富、复杂、深刻、烂漫、淋漓也。吾国文艺大受传统诗歌大重“抒情性”之影响，其最高最上之审美意识始终大受“意境”境界之束缚，而不知或不知大利用“叙事性”之价值，又大受“抒情性”更易于重复之弊端之影响，遂令吾国之文艺愈趋于小巧、精致，而不知崇尚磅礴伟美之境界。就文艺更可能趋指于更丰富、复杂、深刻而磅礴伟美之艺术境界而言，则“叙事性”之最佳载体“细节”一义，既可充分体现其主体之“现实性”品性、精神，又可大用象征、隐喻之法，而广大恢宏其系统，若“抒情性”之最佳载体“意象”，则此两方面之特质均大为逊色，20 世纪以后作品文本之“抒情性”虽属先进于古之依赖“意象”之性质，然其进步无不见之为“抒情性”之兼有“叙事性”之情态，若无“叙事性”之为根本铺垫，则其“抒情性”亦难臻致佳境。故人生存在之本质，“事”而已矣，无“事”则人之本质不得确立，则其存在无以高于宇宙万物矣。若“情”之一义，则“事”之佳者之必自然与俱者，“情”不得“事”之为根本，则流于极其泛泛之人之寻常共性情感之境界矣，措之文艺，鲜有“神味”。故叶燮《原诗》所谓“理”“事”“情”三者之括万物，“事”乃三者绝对之核心、根本,“事”之发达,即社会之发达,作品文本之“事”之发达,即更可能造就更高之艺术境界,获致更为丰富、复杂、深刻意蕴之“神味”。惜其虽知“事”而不知大用之,故其理论仍以“意境”为最高最上之追求,而不谙“意境”之外之蹊径,其所谓“诗之至处,妙在含蓄无垠”,此种“技”之境界,岂足为“至处”邪。“叙事性”之本质、地位、价值如此,则“细节”一义之价值可知矣!诗中虽叙事诗极少,然如小说、史传之类文本,“事”蕴发达,故其所蕴含之“神味”,远较诗中所造之“意境”为多为胜也。

就“叙事性”而言,则其“现实性”又分直接、间接两种,前者为“以实为蕴”之“叙事性”,后者为“以虚为蕴”之“叙事性”。就较为基础之意义而言,则“以虚为蕴”难于“以实为蕴”,以想象力乃决定“叙事性”质量之一大端,而前者更难于想象力之发挥。就根本之意义而言,则“以实为蕴”大难于“以虚为蕴”,以其根本受限于主体现实世界之经历、感受也。两者完美结合,乃能造“神味”之最高境界。① 故“以虚为蕴”之“叙事性”,唯有间接以无限逼

① 西人有所谓现实主义文学、浪漫主义文学之分,此皆“技”之境界而非以“道”之境界论之者,若“道”之境界,则“现实性”品性、精神一义可一之也。前人大体更重浪漫主义文学,以其更富主体性之色彩、魅力,而能张大想象力之境域,此亦缘现实主义文学之为创作方式、手法未臻致最(转下页)

近"现实性",乃能趋指于最佳"神味"之境界,若不如此而仅重、发挥其中之"叙事性"之优长,则往往趋指于"神味"之境界而"文学性"不足。如金庸之小说《鹿鼎记》,论刻画人物形象则如韦小宝者极为成功,然其"现实性"乃隔一层之"以虚为蕴"之性质,其意蕴亦因之趋于共性之境界,故虽造极佳之"神味",其"叙事性"亦极丰富,然较之鲁迅《阿 Q 正传》阿 Q 之一人物形象——其"叙事性"远远不如前者——后者"神味"之复杂、深刻,却远胜于金氏之作。故具最"现实性"之"叙事性",乃可造就、臻致"神味"艺术境界之最高境界。又如今之网络小说,如穿越、玄幻、仙剑及 20 世纪已然兴盛之新武侠小说诸类,其"文学性"多殊无足观,然其"叙事性"则殊可观。此类小说并不因"文学性"之有所缺失而阻遏其兴盛(余以为此种兴盛之态势将愈演愈烈于未来社会),影视又大为推波助澜。其所以者,无不在现代快节奏之社会生活,若思想则深入极难而不易见其成效,寻常诗性之境界则浅薄而停留

(接上页)高境界故;若能以"神味"说理论所崇尚之风格诸义作为之,则现实主义理应兼有浪漫主义,其杰作更易趋指于"神味"之境界,而"神味"更易出彩也,如魔幻现实主义即其兼有而青出于蓝之一义。然此种兼有之境极难,故文学开拓之空间仍殊巨,又奚疑哉!以深具"叙事性"之"现实性"品性、精神为之根本,以"神味"为最高境界之引领,则其可矣!

于共性意蕴之境界(故而可复、单调而乏持久、深刻、复合之魅力),情感则粗糙散漫,心态则虚浮焦虑,理想则荒芜恍惚,唯“叙事性”之一要素,乃能凝集无限丰富、复杂、深刻而又淋漓尽致之“神味”,足以填补主体上述方面之“空白”,令其生活得额外之充实,乐于以此方式实现其与现实世界之互动。故无限张大“叙事性”之一义,乃网络小说之利器,无论其他“文学性”更高之纯文学作品文本矣!故“神味”所对应、表见、反映之社会现实生活、意蕴,较之“意境”为远胜,略无疑义也。

更进而申论之,则“意境”建构之最小质素、单位为“意象”,其所指向为“物化”世界,以由自然层次之物以见人为主,唯有“物化”,乃能造、见无限玄远幽深之“意境”;“神味”建构之最小质素、单位为“细节”,其所指向为“人事”世界,以由更高出于自然层次之物之事见人为主,唯有“人事”,乃能造、见无限丰富、复杂、深刻之“神味”。一切诸“人事”罔不以利益为核心,故唯有关涉最丰富、复杂、深刻之利益之“人事”,乃堪为“神味”艺术境界最高境界之渊薮;唯有关涉最丰富、复杂、深刻之利益之“人事”,乃最具“叙事性”品性,其“叙事性”乃最具“现实性”品性。故“叙事性”乃“神味”更进“意境”之“技”之境界之手段(或根本思维),“现实性”(即世俗之现实世界无限丰富、复杂、深刻之社会民生意蕴及作者敢于直面、表现之思想精神性)乃“神味”更进“意境”之“道”之境界之手段(或根本思维),根本论之,两者均“意境”之所极阙如者。故“叙事性”一义,不可泛泛而论之,当知其根本、最高之精神为“现实性”一义——人世间最高之“现实性”,则人自身发展、创新之一问题之直面与解决也。人直面现实之障碍,出于自然之“物性”者为低级之层次,而出于人之自身及其所建构之社会之丰富、复杂之系统之“人性”者为高级之层次,其核心则以僵化、冰冷、保守、落后之礼法制度、秩序(态势、格局)而阻遏“以人为最第一之价值”之实现者也,若此之不加破除,则人自身发展、创新之一问题之解决而无日也。而此一问题之解决,则必以人之主体之所有质素所形成之所有力量之凝集为态势,然后可能以整体性之优势突破、超越既有之礼法制度、秩序(态势、格局)之所有质素所形成之所有力量凝集之阻遏,其成功之概率原即大大少于失败,故其往往付出极大之代价,而见为无限丰富、复杂、深刻之“悲剧性”作为、意蕴,而文艺作品文本中之“叙事性”,乃因之而延展,而不可回避焉。故“神味”艺术境界之建构,非直接来自主体之“理想”，而来自其趋指于“理想”实现之现实张力，而根本于主体直面现实之思想精神，此即最高之“现实性”之本质——唯有此种最高之“现实性”，乃能产生最佳与最为丰富、复杂、深刻之“神味”也。一切诸突破此种“人性”之阻遏之作为均一以贯之以“悲剧性”，而人人概莫能外，一切诸突破此种障碍之最大努力之外在形态均一以贯之以“喜剧性”，则唯高明者能以为之，作者乃其中之尤为高明者，故体现此种“现实性”之“叙事性”，见为“喜剧性”形态之“悲剧性”意蕴，乃人世间真正之“叙事性”，其本身之质量、境界远较“抒情性”为甚，其所造之“神味”之艺术境界，亦远较“意境”为高明也，更切近于人之终极意义（意蕴）之追求，魅力更巨也。

综上，脱出吾国传统文艺创作以“意象化”思维为主之局限，易为以“细节化”思维为主之境界，乃创造超越吾国传统文艺旧审美理想“意境”艺术境界之新审美理想艺术境界之一大关键。其思理逻辑，可以“细节→叙事性→现实性→主体性＋现代性→细节……”之一圜形而趋于无限之逻辑圈以为喻指，环环相扣，层层提升。此一圜形逻辑圈除可自“细节”为起始外，亦可自“主体性”处为起始，此两起始之点，恰可代表“神味”说理论体系建构之两层面，即“神味”说理论体系于主体、作品文本两者要求均极高，两者合一并美，始可臻致“神味”艺术境界之最高境界。“细节”“意象”虽为极基本层面之质素，“叙事性”“抒情性”亦仅常识之层面，然其所关涉乃最高思维之层面，唯自最高层面之思维处着眼、着手，乃能见其根本之差异，知其可生莫大之效应，凡为作者，不可不大关心于此也。

六、“神味”说理论之哲学思想基础与精神核心

“意境理论萌芽于魏晋言、意之辨，造极于唐之壮丽多姿，其外已极千变万化之观，宋人缘禅学而补之以平淡沉静，以内倾也，属士大夫之趣味而总为雅之格调者，故元代之后即衰，明之王阳明心学承宋儒陆九渊之精神，而立其要以进之，‘心外无理，心外无物，心外无事’‘圣人与天地民物同体’云云，乃使意与象之交融至于无限，盖实即‘意境’理论在哲学上之最终总结；若诗学上之最终总结，则迟至晚清王国维之《人间词话》乃克成就，皆为迟矣！”①“言意之辨”，则根诸“有无之辨”，即“意境”理论之

① 见《诗词曲学谈艺录》卷一之一八则。

哲学思想基础也。此种形而上之哲学意蕴之最佳载体，则以山水情境为代表之文人、士大夫格调、趣味之偏于雅正、隐逸、优美者，而得其自然、性情；“有无之辨”之诸变相，则言意、虚实、动静、情景、有我无我诸二元范畴之辩证法，“意境”不过为其最终所成就之最大、最具代表性者耳。此种思想与格调、趣味之对应社会形态，则农耕社会，知识分子得与下层成地位悬殊之精英阶层，故其追求，在个体“小我”沉浸于宇宙天地之中（消极之“天人合一”“物我合一”），总之即“无我之境”也，即哲学、人生层面之表面之“大我”之境，其精神之核心为老庄思想，故无为守成而乏创新，此亦无不由其既得利益者悠然、超然之地位使然者也。举凡“天人合一”“天地与我并生，万物与我为一”（《庄子·齐物论》）之类，皆个体“小我”之独善，若不张大其思想精神而介入无限丰富、复杂、深刻之现实世界，为真正之思想精神之澡雪，则主体始终难以磅礴，故难以豪放，久之焉能不中和、平和、温柔敦厚、含蓄蕴藉？然后为既得利益者固化其利益之思想意识手段矣，此即以物为本而非以人为本之实质，惜乎国人之不察也。以物为本，则物之形态最终必然以金钱为最佳之归依，然后物欲横流、拜金主义大盛之不足异矣！

"神味"说之哲学思想基础为以人为最第一之价值，此为"神味"说理论(体系)之逻辑起点。[1] 以人为最第一之价值，而非僵化、冰冷之现实秩序、法度至上，然非以人为中心，而抹杀其他一切诸价值者也，而当以一切诸外在成就人之自由之本性；因其不能实现，故主体而有豪放之精神，表现为豪放之姿态，而有、生大"神味"。"神味"作者之主体不论其所出身之阶层，而但论其是否植根社会民生，其审美格调、趣味是否以此为主，故其追求，在自我之在世俗之现实世界中之提升、成就(积极之"天人合一")。其亲力突破"以人为最第一之价值"之阻遏者，抑或表现他人之突破，抑或既得利益者之僵化、腐朽、保守者，无往而非不生最高层次之"神味"。故"神味"说理论之精神核心为豪放之精神境界[2]，乃儒、道两家思想之取

---

① 详见本书正文第149－157页所论。

② 详见《诗词曲学谈艺录》《引言》与卷一之六则、五二则所论，或拙著《论豪放》。前者如"以'无我之上之有我之境'为文学艺术之最高境界，所以本于性情而终之于人格境界、思想境界、精神境界，其核心则是豪放之精神，而期于儒道互补、取长补短之'大我'之境界者也"(《引言》)；"至于儒道互补、意在现实，刚柔相济、以刚健为主，诗'可以怨'之新而大之境界，此即'豪放'根本精神之所在"(卷一第六则)；"豪放者，历经最大束缚而获得之自由之境也，戴枷锁而能舞也，于事物之本质得玲珑剔透之领悟，而与其生命存在之节奏相俯仰感应，得物我之间莫大之和谐，而又使我之性情适乎天地万物，缘世俗民生而臻致'无我之上之有我'之境，出入人天，(转下页)

长补短、和合提升,若不经此一步,则儒、道思想之缺陷、弊端、不足,甚而过于其优长也。所尤须强调者,则置身吾国传统文化思想之氛围,以此种氛围为主而欲取长补短,则“取长”之或可到,而“补短”则永无成功之一日也!必以整体性突破、超越吾国传统文化思想之思想意识于最高层次突破、超越之,“补短”乃或可能,而新文化思想得以树立矣。即不以新文化思想树立为基本思想意识、终极目标之“补短”,永无成功之希望。所以如此者,无不缘吾国传统文化思想劣根性之顽强、顽固,历数千年之历史而弥坚,而不可抱有任何之侥幸心理。迄于后世,历史之感性已然最大限度丧失,所余者唯多传统文化思想之共性意蕴,自学理之层面辨之驳之而极难,故其欺骗性尤

(接上页)而又呈现为烂漫之状态者也。其核心内涵则不受拘束,故豪放乃事物演进之内因,亦我性与于创造之表现也。纯粹之豪放,其生命力恒及于宇宙自然而以物待我,故能于虚应万物,以我性改造自然人生者也。豪放之我性,必不徇于物,而保持自由之思想、独立之精神,其所徇于物者,物之自然也,无之,物不得其生焉;必不徇我也,其所徇,乃芸芸众生之大者,故由之得以成就灿烂烂漫之人格境界、思想境界、精神境界也。豪放之境界,写意之所生也,以动为其本色也,以历虚而虚实互生之境为其结构,其心境不可下于冲和平淡也。故豪放一义,非仅疏旷放达即所谓达观而已,而必兼达观与积极两种精神境界;故如词中苏东坡之豪放,未辛稼轩若也。”“豪放之义,为儒道互补和合取长补短之最佳结晶,承诗‘可以怨’之精神而大反为政教思想庸俗之‘温柔敦厚’”(卷一之五二则)。

甚，非寻常学者之所能任，无论寻常人矣。尤其儒家，如其根本弊端为公私不分，以宣扬为公为旗号而逞私心、谋私利，现实世界中之一切诸作为均以利益为根本鹄的，其根本巩固利益之法为等级制度，文之为礼仪（礼义）之形态。此种思想深入吾国人之神髓，极难救赎，道家思想之为其对待，仅堪为调剂式之超越，而不足为治本之疗救、突破，若一旦得志于现实世界，则复归于儒家思想而故态复萌矣。故就“神味”之造成而论，则道家思想之作用远逊于儒家思想，无不以道家思想现实之势力远不如儒家思想之阵营也。故突破此种现实势力及其根本之儒家思想，乃吾国文化发展最根本、最要之一义。“豪放”之精神，实即“否定”之精神，其合现实性、世俗性而为批判之精神，则“神味”说理论之所崇尚者也。总之，即“无我之上之有我之境”成就于现实世界之阻力愈大，则“神味”益易生，此其根本之辨也。

豪放之精神以人为最第一之价值，以突破旧有之僵化、过时、腐朽之思想、精神、技艺（表现）为征态，以自我之提升而不隔、成就于世俗之现实世界为核心。文艺（尤其诗）之最高境界必呈现为精神性，而兼有人格性、思想性，故“有我之境”“无我之境”“无我之上之有我之境”为文艺逐次而高之三境，而以“无我之上之有我之境”为其最高境界；其所以逐次而高之一以贯之之内在核心动力，则主体之豪放之精神，其所以终能臻致“无我之上之有我之境”，则世俗之现实世界为其根本之动力也。豪放之精神之根性，乃对于人性、理想之高贵之坚持，始终而不因其他诸外在之因素（尤其功利、利害因素）而有所根本改易、妥协，故能以人为最第一之价值。故“神味”之主体之最高境界“无我之上之有我之境”，思想、精神之最高境界也。思想、精神之为最高境界，乃诗之所以为诗、为人世间最可宝贵之文学体式之终极原因，若思想、精神而不能臻致最高境界，或可为人格境界，则始终而非最上之“神味”之境界，非诗之最高境界也。

“意境”之最终目的为由文学而及人生，“神味”之最终目的则由文学而及人。为人生，则不无现实功利之影响；为人，则是以人为第一位之价值也，为成就人也。近世西人大崇个性，故以群性为指归之“崇高”得大兴起，吾国自汉代后即大崇群性而乏个性，故豪放得造极于元人粗略之治。豪放者，由群性成就个性之具者也，故近世西人所大崇举之“崇高”之境界，唯由“豪放”而可得瓜葛，若准之吾国，则豪放是其出头地。“豪放”之精神虽因吾国传统文化之熏染而最具特色，然其核心思想、精神“不受拘束”，则可推及古今中外也。且夫“豪放”者，人之本质之归依也，人之生存之价值之最大寄托也。人之存在，其最大问题为意义问题，此一问题之困扰、追问，20 世纪以来为尤剧。或寄意在天国（上帝），其向度为上下，虽可意义而得恒定，足以确立人之短暂一生之价值，然其毕竟属虚假意义（价值）之寄托体，如此则人之意义之终极追问，天国（上帝）不过为虚假而暂时之“避难所”；或寄意在轮回，其向度为远近（生死），以禁欲（绝欲）为方式，极降低其物质境界而张大其精神境界，虽可减少俗世之烦恼，视生死为自然，然毕竟以生命为幻相、痛苦、罪恶，既浪费宇宙间最宝贵之生命，又以强制、扭曲我性而至于精神上自以为自然而然之境界，则非真正我性之成就也。若“豪放”者，则既非宗教，亦非文化思想之具体形态，但恒以秉持以人为最第一之价值之思想，一以贯之于现实、人生，然后人之意义、本质、生存诸义皆得落实。以人为最第一之价值，以朴素之思想为之“本”，既有释氏之不追求外在，又能以最小最自然之欲望存世，克服其禁欲（绝欲）之极端；既无天国（上帝）之虚幻，得以全其身心与外为一，又能落实人之意义于其本身，不作身外之追问、探求。朴素之为“本”也，烂漫其“花”也，而非其“末”也①，以朴素存世，其精彩处全在其自身、自我，而成就其烂漫，“气”与“情”为“豪放”之两大要素②，故其朴素之本愈固，则自我愈具现实性，而“气”与“情”愈盛大充沛，则其花也益烂漫。故人之意义在于自我本身，举凡民族、国家、道德之类，皆其外在者，以人为最第一之价值不能行，而有民族、国家、道德之以为外在之规范也。若能以人为最第一之价值，以“无我之上之有我”为最终成就之理想，则民族、国家、道德之类自然随之与俱矣。20世纪以后，东方则文化道德沦丧，西方则思想精神危机，人之欲望张狂而无所归，唯有“朴”之一义——如简单而非以追逐利益为核心之复杂；纯粹而非虚假之繁荣、繁华、铺张；节俭而非奢侈、形式主义；逍遥、休闲而非忙碌、迷失、迷茫——贯穿于人之根本思想，世界乃能步入正轨，而复归于人自身、自我之真正终极意义之追求，人类乃能得以“救赎”，而实现其价值——此亦“将有限（或局部）最

① 世之谈艺者往往有“本末”之谈，乃二元辩证之思维，余则以为“本末”两境界之外，复有第三种更高更上之境界，其形态或为“花”，或为“果”，此亦哲学层面三段式思维之一端也。

② 两者以“气”为更要，“气”之沛然盛大者，必有深情，而情深者，则未必其气浩然，此其辨也。

佳化”者也。① 故以朴素而臻烂漫，即以我性之朴素而臻“无我之上之有我”之烂漫，如此乃使个体之生命力达致巅峰，生命乃呈现其最大之张力也。

七、“神味”创造之美学理想与理想风格形态

“神味”艺术境界之创造，以“大俗”为最高之美学境界，即以“大俗”为美学理想，且植根之于主体之思想意识，始终而不许有丝毫之犹疑也。由大俗而臻大雅，大俗即超越大雅之上，而臻致大俗大雅之境界。故“大俗”亦如“有我”之两种境界，不可为低级之“大俗”而抹杀大雅之上之大俗之境界也。其境界则正视社会下层，矫正吾国传统文化思想熏染之文人、士大夫以“雅正”为主之狭隘、固守之审美意识、审美趣味，平凡而造磅礴伟美，以主体直面、介入世俗之现实世界之闳大深情，而臻致“无我之上之有我之境”，确立其在世俗而超出世俗之主体性，见诸文艺，则“神味”易生。非独如审美观照，可以闲淡之姿态心神以观佳人，为现实世界之壁上观也。唯有豪放之精神，乃能深入世俗之现实世界，乃能大俗；唯有深入大俗，而后“细节”乃能鲜活不绝，乃能丰富、复杂；唯有达

① 甲午岁夏，余撰《“新文化主义思想”宣言》，提出“新文化主义思想”，以为当今中、西社会发展思想之矫正、救赎。

致“无我之上之有我之境”，大俗乃能臻于大雅，细节亦得深刻、淋漓、烂漫。故“细节”乃寓一动态之过程，此其之所以可能而具“不可复”之性质者也，不可复，故“细节”之创造绝费力，“细节”与其所造为之“神味”之境界，皆大不易；“意象”则意蕴趋于大体之既定，而可复，为不同之作者“选择”，以造为“意境”，较之“细节”与“细节”之造为“神味”，“意象”之“选择”与“意象”之造为“意境”，不可同日而语，而较易也。若论其精神性，则“意象”亦远逊“细节”。

若此理想之成就，则“‘神味’一义之生成，有若是焉：以真性情发端，而脱弃‘庸俗之我’，而以待诸外物，则必有理想志意，而气与情之为生矣，故乃成豪放之境界也；豪放之舍‘平和冲淡’之我也，乃进之而为‘否定’前一‘有我’之我，缘世俗民生之事而得为一‘新我’，由不为世俗之名利所染所泥而得为一‘大我’，又经一否定，遂成就一‘无我之上之有我’，此一‘无我之上之有我’，即我之在世俗民生之现实世界之升华结晶也，即‘味’之一义矣；以‘神’之一义表而出之，以‘细节’及‘象征’二事见其淋漓尽致、烂漫泼辣之姿态，深厚壮观、闳约深美之意蕴，而非含蓄朦胧、冲淡平和，则‘神味’一义终得成就矣”（《诗词曲学谈艺录》卷一之三〇则)。究而原之,则“大俗”乃“现实性”精神之所凝集,“主体性”及其“批判性”精神之所实现,“叙事性”品性之贯彻而淋漓尽致,而结晶于“神味”,其美为不可复,其未来不可限量也。

“神味”艺术境界之理想风格形态,则深闳伟美、大气磅礴、千姿百态、淋漓尽致。其具体形态,则豪放、泼辣、烂漫、淋漓、大俗、野性、磅礴、深闳、朴素、天真、本色、大写意、汪洋恣肆诸义①均是,其愈趋于诸义之复合形态者,则益佳胜。若一言以蔽之,自审美意识言则“磅礴伟美”一语是矣,自风格形态言则“狂欢化”一语是矣。“神味”重内美,而重人格境界、思想境界、精神境界,此与“意境”美大异,“意境”以抒情为主,以情景为主,故多仅在人格境界之层次,即能重内美而具思想境界、精神境界之品性,其表现亦以含蓄为主,不足以凸显我性,更无论“无我之上之有我之境”,无论其淋漓尽致之表现矣。“意境”之哲学基础为“天人合一”,诗学基础为“中和”之美,但得其偏于消极静态柔弱者,为静、淡、空、逸、虚、灵、平和之人

① 拙著《诸二十四诗品》(乃续作唐人《二十四诗品》者,凡《新二十四诗品》《后二十四诗品》《续二十四诗品》《补二十四诗品》《终二十四诗品》《赘二十四诗品》六作)于此多加演绎,可参看(详《诗词曲学谈艺录》卷四)。

生、艺术境界之追求；“神味”则以此为非是终境，而最终以人主之而见人之主体性精神，而得“中和”之美之偏于积极刚健动态者，并兼有“意境”之长者也。唯是之故，以最高境界论，豪放词乃能兼有婉约词之长，豪放词大家乃能兼擅婉约词，而反是则不然。人生之本质为痛苦，主体不甘心乎此，故人性之极致为磅礴，优美平和足为人生之休息、调剂，然不能根本、真正解决问题，尤其关涉“神味”说理论体系所崇尚之最高意蕴之一无可回避之现实问题。① 故“意境”之总体氛围为优美，以静态之美为主，其内在之最高意蕴为吾国传统文化之共性意蕴，故其主体之人生虽或有悲剧之色彩，然其见为风格，则往往为此共性意蕴所调剂，而趋于雅正、中和之情态；“神味”之总体氛围则为偏于壮美而兼优美，其内在之最高意蕴为突破、超越吾国传统文化、社会现实之落后、保守、腐朽之因质之思想精神，如此则足以造就突破雅正、中和为主之情态，主体趋于臻致“无我之上之有我”之磅礴伟美，故其最

① 即“意境”不足以解决创新（创造）之一人生、社会之根本实质问题，如现代社会生活之烦扰忙乱，主体异化，丧失自我者多，“意境”之优美平和虽有作用，然其为休息、调剂也，终将“上路”而赴前程，且终为“上路”而赴前程，焉能沉湎其中而不知进邪？故不可以“意境”仍具甚佳之作用而削弱乃至忽略、取消此一根本实质问题，甚或有意削弱乃至忽略、取消之也。

高诗性为悲剧性,即以悲剧性为内在之根本意蕴、外在之风格形态,又以喜剧性调剂其内外、外在和合之诸质素——最高悲剧性之生成及最高诗性之成就,必豪放之精神使然,其核心为"现实性"品性,在此基础上所造就之内在意蕴之磅礴、外在风格之磅礴之态势之下,外在风格层面又可复合上述风格诸义之形态,而彰显为无限之喜剧性。悲剧性、喜剧性之复合,亦大俗大雅一义之一端也①,此一理想风格形态之典范,如稼轩词之最上乘者、《窦娥冤》《大话西游》之类作品文本皆是。② 吾国传统文艺如诗歌不重"现实性"(或甚弱),故不重"叙事",不以"细节"为主,乃不能臻致"神味"说理论理想风格形态之一原因,故较之"抒情性","叙事性"为更高之诗性境界。

---

① "大俗大雅"之"大雅",其义有二:一为本质之大雅,即"大俗"本身,其核心为指向"现实性"之以人为最第一之价值之思想精神,"豪放"乃其最具代表性者;一为形态之大雅,即真、善二义之所以美、之所以趋于美者,即"大美"。吾国传统文化思想熏染、影响之文人、士大夫精英阶层以雅正为主之审美意识、审美趣味,其"雅"亦"大雅"之一义,然不可因此而排斥其他形态之"大雅",即不可排斥其他形态之之所以美、之所以趋于美者也;而由"大俗"一义观之,则此种并非真正最高义之"大雅",又可知矣。

② 李太白诗之杰作,如《将进酒》,往往见为悲剧性,然其喜剧性尚大有不足;杜少陵诗之杰作,如《北征》《石壕吏》,则兼有悲剧性、喜剧性,虽较李太白为胜,然喜剧性之一面仍甚不足。由此,亦可见稼轩词之何等杰出矣!——可参拙著《稼轩词选笺评》。

故吾国诗歌之开拓新境而大见“神味”，端在大重叙事诗之制作，若小说、影视、戏剧之类，则以“叙事性”为能事，不待言矣。

自艺术境界建构之后所臻致之艺术效果而言，则无论“神味”抑或“意境”，均以“言外之意”“韵外之味”（或“韵外之致”）为追求，唯见为“将有限（或局部）最佳化”“以有限追求无限”根本思维方式之区别，即前者更侧重于内在之“人（事）”之“蕴”之强化、发散（即侧重于“道”之层次），后者更侧重于外在之“情（象）”之“蕴”之扩张、发散（即侧重于“技”之层次——其内在意蕴之表现亦因其主要趋于共性化而侧重于“技”之层次）。其发散也，前者之本质为“以小见大”，后者之本质为“以少总多”。此两种不同艺术效果之追求、呈现，亦为“神味”“意境”两大新旧审美理想艺术境界构成之最小质素、最小单位“细节”与“意象”之一大区别。即自审美效果之意义而言，“神味”实可兼有“意境”之长，如后者讲究、追求之“含蓄蕴藉”“言外之意”“韵外之味”（或“韵外之致”）但为其一致、一义耳。亦即表达方式之层次“神味”艺术境界所见之淋漓尽致、泼辣烂漫，意蕴之层次举可兼有“含蓄蕴藉”之艺术效果、审美效果，此种艺术效果、审美效果之获致，乃缘运用诸如暗喻、象征之类更为高级、高明之艺术手法也。

八、“神味”“意境”之代表作

“意境”典范代表之作，以诗词为言，则如李易安之《一剪梅》（“红藕香残玉簟秋”），李商隐以《锦瑟》为代表之“无题诗”，柳宗元之《江雪》，其稍巨者则如张若虚之《春江花月夜》；“神味”典范代表之作如管仲姬之《我侬词》（“你侬我侬，忒煞情多”），杜甫之《石壕吏》，其闳大者则如《孔雀东南飞》，关汉卿之《赵盼儿风月救风尘》《感天动地窦娥冤》，郭沫若之《凤凰涅槃》，于坚之《0档案》。扩及小说，则此一领域，并影视剧为二，堪称“神味”艺术境界之最大渊薮，在古则如《红楼梦》《水浒传》《西游记》《儒林外史》《金瓶梅》《官场现形记》，在今则如《阿Q正传》《祝福》也。故“意境”之核心为吾国传统文化中之雅文化，乃表现、凸显、强化传统文人、士大夫格调、趣味之大雅之美；“神味”则以自我之提升、成就为根本，乃以直面现实世界、社会民生之俗文化为核心之无限丰富、复杂、深刻之大俗大雅之美。故如《救风尘》《窦娥冤》者，其所代表者为文字层次最上乘之“神味”，虽精神出色，而意蕴仍不够丰富、复杂、深刻而磅礴，《红楼梦》仍以雅文化之氛围为主①,《西游记》幻写现实世界,《儒林外史》仍为世俗世界雅文化氛围之一隅(因所写人物之社会地位较低,故稍好于《红楼梦》),皆于“神味”有所未足②,若其“叙事性”层面之“神味”,其“现实性”甚烈,则极佳美。鲁迅小说文字、意蕴并臻“神味”极佳之境,然毕竟篇幅较短而乏磅礴之风姿,然如《狂人日记》《阿Q正传》之类,亦堪称“神味”极致之一种矣。金庸小说如《鹿鼎记》,其心术姑且毋论,文字、技巧、意蕴去“神味”之最高境界仍稍有间,而足以令其所表现之传统文化意蕴极为精彩,故人物形象极为突出,然思想、意蕴仍主于传统文化,虽演绎、表现之精彩,而不能易其乏新质之根本性质。若文字、思想意蕴皆庶几乎“神味”之最高境界者,思想意蕴有

① 《红楼梦》为吾国作品文本中表见吾国传统文化思想熏染之文人、士大夫精英阶层以“雅正”为主之审美意识、审美趣味之巅峰形态、境界,然因传统文人、士大夫怯于真正之“现实性”之灌注,故怯于“叙事性”之追求、表现,遂乃以固守、强化格律诗之容量极其短小之文体样式为根本防线,以此拒斥小说之类,尤其白话小说,视之为“俗”流之所预者,虽如《红楼梦》者之面世之初所不能免也。故同一审美意识、审美趣味之追求,其内部之矛盾乃有若此者。然“意境”之建构乃此种审美意识、审美趣味最高之层面,故如《红楼梦》者,终以其成就为雅文学之典范,且为“神味”艺术境界之建构奠定最佳之基础,故其“意境”“神味”并胜、以“神味”为最胜之艺术境界之成就,面世未久即无人可以抹煞矣!

② 此仅就小说之一文体而为言者,非谓其整体之“神味”不如诗歌。

所新质，“细节”之表现淋漓尽致而又整体磅礴异观，则莫言之小说也。若艺术领域，如漫画、摄影文学，均善作为“神味”之境界；如戏剧，如老舍之《茶馆》；如影视——如《西西里的美丽传说》《新龙门客栈》《红高粱》《跛豪》《霸王别姬》《英雄本色》《榴莲飘飘》《小武》、卓别林电影①及周星驰电影《国产凌凌漆》《大话西游》《功夫》，电视剧《上海滩》《西游记》《红楼梦》《宰相刘罗锅》《康熙微服私访记》《神医喜来乐》及农村题材之杰出者，无不“神味”烂漫磅礴，多经典之杰作也。

若表面以“意境”胜而内里以“神味”胜，内外兼顾而融合两美，足为“意境”之典范而尚未臻致“神味”之最高境界者，则辛稼轩之《摸鱼儿》（“更能消、几番风雨”）是矣。然其以“神味”而非“意境”为最胜之性质，则确然无疑。其“无我之上之有我之境”其已达致，然不突出，而“神味”之突出，尚多赖意蕴之层次。陆放翁之《卜算子·咏梅》略同之，其“无我之上之有我之境”已然突出，然衬托之“神味”则稍有不足。若《离骚》，特因诗中之叙事之因素、“香草美人”之象征意蕴而大具“神味”之征象，而其

① 电影、小说、戏剧均为东西方以“神味”胜之最易沟通之文体领域，西方之杰作众多，不再过多枚举。

根本追求，则仍以“意境”为主；后世之类似者，则《西厢记》，其与《离骚》乃吾国古代以抒情为主、叙事抒情化两种表现方式最具代表性之篇什。《西厢记》虽叙事而抒情化之，故仍以“意境”为根本之追求，然终因所承袭之董西厢本已叙事极为出色，缘叙事之因素而造成若干“细节”，故其特出之“神味”亦随处可见，而掩抑不住矣！故如《离骚》、《西厢记》者，皆可谓之由“意境”而趋指于更高更上之“神味”艺术境界之过渡样态之典范之作，但前者缘诗之体制容量之影响而终不以“叙事性”为主，而终以“意境”为最胜，后者则因大张其“叙事性”，遂以“神味”为最胜矣。

若虽未臻致“神味”之最高境界，然已以“神味”为主要之追求，或其艺术境界主要表现为“神味”，则如《诗》三百篇中之《魏风·硕鼠》《卫风·氓》，汉乐府诗中之《孤儿行》《妇病行》《陌上桑》，陈琳之《饮马长城窟行》，左思之《娇女诗》，新乐府诗中杜甫之《丽人行》、白居易之《轻肥》、张籍之《野老歌》、杜荀鹤之《山中寡妇》，杜甫之《北征》，王之涣之《凉州词》（其一），杜牧之《过华清宫绝句》，《稼轩词》之上乘者（约十之一），范成大之《催租行》《后催租行》，杜仁杰之［般涉调·耍孩儿］《庄家不识勾栏》,睢景臣之[般涉调·哨遍]《高祖还乡》,马致远之[般涉调·耍孩儿]《借马》,聂绀弩之《清厕同枚子》《锄草》《推磨》《赠周婆》(“添煤打水汗干时”),皆是也,不备举也。而同属此类者,成就或大有差别,如睢之作,因以思想为支撑,便胜于马作远矣。又如贾岛《寻隐者不遇》、张俞《蚕妇》,同样短篇精彩,便有“意境”“神味”之别。若文章,其若以“叙事性”为主者,则古今比比皆是,凡其精彩、出色者,无不以“神味”胜,如《史记》——二十四史均以“叙事性”为主,然文章皆远不如《史记》者,正在阙“神味”也;若小说,则更不烦举矣。[①] 鲁迅之杂文,其“神味”广茂深邃,磅礴洋溢,独步古今,远胜他人;其他如嵇康之《与山巨源绝交书》,陶渊明之《五柳先生传》,亦颇佳。网络文字摆脱一切诸束缚,实具豪放之精神意蕴者,故其着意在现实社会、人生之批判者,尤见“神味”,如网

① 此类作品文本,虽整体趋于以“神味”为最胜之境界,然整体之艺术成就所关涉之因素颇为众多,长短不一,故不再举例。其整体态势,则1949年以前者艺术、个性或更胜,然艺术之缺憾、不足亦突出,1949年以后者整体成就大大提升,然或艺术之开拓力、个性不如前者。后者趋于以“神味”为最胜之境界之建构质素愈见丰富,意蕴更胜,篇幅尤更可观,“神味”艺术境界之造作整体优于前者,则无可疑者,虽然其中之佼佼者总有少数质素仍为趋于以“神味”为最胜之艺术境界之缺憾也。同一趋于以“神味”为最胜之态势,则长篇意蕴之磅礴深闳、“细节”之丰富、复杂更胜于短篇,然不可因篇幅之长短而辄以为短篇便不易以“神味”为最胜,如小小说,杰作众矣!

友所拟孙悟空、唐僧、白骨精通信之类文本,及网络段子,若能善加利用,其"神味"实不可限量!①

若西方文学,因无"意境"之羁縻牵绊,故自来即多有以"神味"胜者,深闳伟美、大气磅礴之作,代不绝出。其长篇者,如古希腊神话、悲剧、喜剧,莎士比亚之悲剧,但丁之《神曲》,塞万提斯之《堂吉诃德》,雨果之《巴黎圣母院》,马尔克斯之《百年孤独》,莫里哀之《伪君子》,巴尔扎克之《欧也妮·葛朗台》《高老头》,卡夫卡之《变形记》《城堡》,贝克特之《等待戈多》,海勒之《第二十二条军规》;其短篇者,如莫泊桑之《羊脂球》,艾略特之《荒原》。19世纪以来,西方思想流派众多,更迭亦速,现代以来更倡多元,虽冲突、碰撞易迸发其烂漫之姿态,然一其审美理想之态势终不见其日,故践行深刻而文本之经典性("文学性")不足,亦其大势,而其经典之作,则无不趋向以"神味"胜之根本潮流,唯以"神味"为最高最上之追求,其文本之经典性("文学性")乃可改善。以"神味"为审美理想而衡之,则孰为经典,大体可明可定矣。20世纪以来,世人大论"现代性"之一问题,其核心精神无不在表见主体存在、发展之痛苦、迷惘及人间世异化人之主体自我

① 此类文本之能见"神味"者,已有所著之拙著《诸二十四诗品》一书。

之荒诞、冷酷，以求我性之彰显、独立，最终可获致“无我之上之有我”之确立，文艺之能于此者，无不趋指于“神味”艺术境界之建构；就意蕴而言，“现代性”虽贯穿古今，然唯时至今日，乃最为丰富、复杂、深刻也。“意境”之一吾国传统文艺旧审美理想以固化、保守其既得利益、核心审美意识、审美趣味为态势、品性，其“现代性”绝少，故突破、超越“意境”之旧审美理想，建构更高更上之“神味”说新审美理想艺术境界，“现代性”乃调动、凝集其所有质素之一极佳思维、角度。吾国20世纪以来之“现代性”亦亦步亦趋西方世界者，然唯其如此之故，且吾国传统之势力、惯性极大，因之突破、超越既有、开拓新境乃更难，而更益于创造更高于西方文艺之“神味”艺术境界，尤其世俗之现实世界无限丰富、复杂、深刻之社会民生意蕴及其“细节”，颇胜乎西方世界之社会、文艺也。

九、“神味”寄寓之最佳文体形式

总体而言，则凡文体之能以“内在律”为其结构所呈现之形态（形式）之最终根本内在依据，而最大限度凝集、发挥文体形式之质素者，则皆为“神味”寄寓之最佳形式也。“内在律”一义，即“将有限（或局部）最佳化”根本思维之一端。由此根本义理而论，则易趋指于“神味”艺术境界之最佳文体形式，必见之为“复合性”之形态，即文体形式之兼容彼此之长而臻致更高更上之境界，如诗史、史诗、山水画（兼容书法）、小说、影视剧、杂文、摄影文学之类皆是。亦有因文体形式之见为“复合性”而其最高境界愈下者，如“诗中有画，画中有诗”①，则于绘画为最高境，于诗歌则非是。“复合性”即杂多而为一，亦“将有限（或局部）最佳化”根本思维之一端，故不仅见为文体形式之兼容，如杂文（兼容哲理性、论辩性）、漫画（兼容“叙事性”、“现实性”），若不以“将有限（或局部）最佳化”之思维为根本，则此种杂多而一之态势，将仅以“以有限追求无限”之思维为根本，将弱化其原应有之形式层面之“复合性”之效力矣。以“复合性”一义观之，则文体形式之

① 吾国古来虽有“诗画相通”之一诗学理论，然却罕有知诗高于画者，诗所吸取画之优长，却非诗之最高境界。若鲁迅小说之“漫画化”（如《阿Q正传》一作，最为典型），亦文学之与绘画相通之一例，而为其最高之经典样态。即漫画为绘画中之最具“叙事性”“现实性”“批判性”者，此三品性，以“细节”为最小质素、单位作为，则本为小说之所尤长，而仍大过于漫画，文体之容量相去悬殊故也。故以文体而论，吾国之山水画始终不能以兼具“叙事性”“现实性”“批判性”之“细节”胜（遑论最胜），而仅能在“主体性”之客体层面作为、争胜（如笔墨个性所见之魄力、情趣、雅俗、线条、结构之类之调剂、差异），故其衰落无可避免，难有根本之突破、超越矣。漫画虽为其更进之文体样态，然不宜壁挂。漫画已有数幅连缀者，则连环画又为其更进之文体样态，但其艺术性则未必皆如漫画，若皆能如漫画，则可实现“以有限（或局部）为最佳化”之根本思维方式矣。连环画之数字化则为动画，其最高之文体样态则为影视剧，而影视剧此一文体样态，其容量则足与小说争胜矣。

“复合性”境界最高、最佳者,则长篇小说、影视剧,此两者几可兼容一切诸文体形式及思想精神意蕴也。

以诗而言,则杂言诗也,即仅要求押韵一事,而遵“内在律”,“内在律”之核心,则“气”与“情”之交织、应和、感发、互生,其极致即“豪放”。诗词曲之演进,虽表现为形式之调整,然其核心精神、动力则豪放之精神也。[①] 若其外在形式之稍可规范者,则“语感韵”,其根本精神为“以语感(即听觉上之感觉)为用韵之依据,此据歌诗用韵之本来原则而定之也。何以云然?韵本为谐声而有美感,故凡在今之语感、听觉上能得相同、相近或相似者,无不可为同一韵也。……押韵本为谐听,故音声迁而韵不随之者,是刻舟求剑、缘木求鱼也”[②]。更进而言之,则叙事诗最易为“神味”之创造、寄寓。其理想,则史诗也(或中长篇叙事诗)。自小说而言之,则长篇小说也。[③] 更进而

① 唐诗、元曲之最高境界为“豪放”,元曲且以“豪放”为本色,唯传统词学不以词之本色为“豪放”,其错误拙著《论豪放》一书论之颇详,而宋词之最高最上之境界则为豪放,词之最高成就为稼轩词,则无疑义也。

② 详见《诗词曲学谈艺录》卷一之四三则所论。

③ 当代兴起“小小说”(微型小说)一体,虽篇幅绝短小,然犹长于寻常之格律诗,故可叙事,可以“细节”为主,体现“将有限(或局部)最佳化”之根本思维方式,故多有见“神味”之佳作。故篇幅长短、容量大小,非“神味”之最根本之要素,但体制愈长、容量愈大,则更趋于“神味”之最高境界耳,如“小小说”,便难臻致磅礴伟美之境。

言之,则批判社会现实者,更易“神味”之表现、凝结。自散文而言之,则杂文也,以批判、揭露、讽刺为能,直指以人为最第一之价值之反面,故尤易出“神味”。自戏剧而言之,则以矛盾冲突为其核心,而纠结诸事,表见为若干“细节”,故较之长篇小说,更易见“神味”,唯其以做派为重要之一因素,故或不如长篇小说之深厚、深刻、深远、博大、磅礴也。自艺术而言之,则无论何种艺术形式,如绘画、书法、建筑、园林、影视之类,若能以“细节”为核心之思想、精神、力量之经营,则无不易见“神味”。如漫画,亦若绘画领域之杂文,匠心、锋芒所至,“神味”淋漓焉。其尤特出者则影视,以文字、图画两种表现载体、质素之诸文体形式之角度观之,则影视为唯一可与长篇小说争衡而易趋指于“神味”艺术境界之最佳文体形式。就两者对比而言,长篇小说毕竟仅为一作者主体操持之态势,其所能调动、调剂之建构作品文本之质素亦仅限于一人之力,仅限于文字之层面,未若影视之制作可充分调动、调剂若干主体之质素,所赖以建构影视作品文本之虚拟艺术境界之种种质素均需先经现实性呈现(调动、调剂若干现实世界之质素及若干技术手段之综合运用之“现场性”)之一步,即其表现之“复合性”远过于长篇小说;然文字所表达之意蕴及意蕴之层次、系统远过于画面，且影视之上述态势之最佳境界往往仅能见之于电影之一容量较短之文体形式，其作品文本虽能凝集、呈现更为复杂之“直观性”，然呈现即趋于一定，其“抽象性”之“未定性”之魅力则不如长篇小说，故较之长篇小说之一文体样式，其整体尚有所不如。若以未来长远之时空而论，则其争衡正未易结论也。

综合“神味”之诸要义而论，则如小说之“神味”或过于诗，然自主体之一角度以言之，则诗乃直接表现磅礴伟美之“我”性者之最佳体式，小说之间接以表现“无我之上之有我之境”，总不如诗之直接为表现，独惜诗之臻致此境，尚需较长之篇幅、较大之容量，若史诗之一文体形态，则尤非吾国世人之所长，且其文体之性质渐与小说近密矣。若论难度，史诗较之长篇小说为更甚。小说虽不能直接表现磅礴伟美之“我性”，然可借容量巨大之内容、意蕴之磅礴伟美间接表现作者主体之臻致“无我之上之有我之境”，如《水浒传》《西游记》《阿Q正传》《祝福》《生死疲劳》《丰乳肥臀》之类皆其经典之制作，史诗之外之寻常诗歌之体式，尚不足以臻致此种磅礴伟美之“我性”之表现，然后知直接、间接，均可殊途同归，而以“无我之上之有我之境”为最高最上之旨归也。若度越文体之表面形态而为言，则“诗者，人之生命力存在之最高形式、最高姿态、最高境界也”（《诗词曲学谈艺录》卷一之五五则），诸凡诗歌、小说、戏剧、影视剧、杂文、摄影文学、漫画之类体制，无论其间之“复合性”如何，而均以诗（诗性）为最高境界，此即“神味”说之根本，所谓文体者，不过为其各殊之异态耳。若总诸文体而论，总趋指于“神味”最高境界之若干核心要素而论，则“神味”之创造、表现，长篇优于短篇，故长篇小说、史诗（或中长篇叙事诗）、影视剧实于“神味”说理论体系具莫大之意义！即无论何种文体样态，若愈能充分拓展其容量，则益有利于“神味”之创造。以“豪放”之精神之表现方式即“内在律”为根本，以“将有限（或局部）最佳化”为根本思维方式，但凡能最大限度、程度发挥作品文本“复合性”“狂欢化”之基本形态、象征与大写意纠缠之表现方式、淋漓尽致、磅礴伟美之风格样态者，即为“神味”艺术境界表现、创造之最佳文体形式矣。“抒情”为“意境”理论之所偏执①，以为保守、排斥新

① “意境”偏执于“抒情”，故雅为其根本之思想意识，即吾国传统文化思想熏染、影响之文人、士大夫以“雅正”为主之审美意识、审美趣味，乃至王国维之“无我之境”，仍以“古雅”为核心，其他如林纾，亦求“意境自然远去俗气”为期，其法则“不能伪托理学门面”，“须先把灵府中淘涤干（转下页）

审美理想之探求之据点，而最高最上意义之新审美理想之探求、理论（体系）之建构、树立，则当总一切诸文体体式及通叙事、抒情、哲理三大领域以论之，以作为之，不可以“抒情”为偏执之立足之点，为一叶障目之举，而妨害新审美理想之探求、理论（体系）之建构、树立也。

一〇、“神味”“意境”之普适性

“意境”之本质为吾国特有之传统文化之共性意蕴，而尤见之于传统文人、士大夫之审美趣味、格调者，极尚“雅正”。20世纪以后现实之社会生活所依赖之思想已非传统文化，故“意境”之追求亦已非最适、最高、最上。因此中传统文人、士大夫之审美趣味、格调之“雅正”而拒斥世俗，故其最适用之领域为艺术（如山水画、园林）或文学中之抒情诗（其所形成之“意境”，本质思蕴为老庄、禅宗哲学义理，如其见之于诗歌者仅为诗歌之次等而非最上流，

（接上页）净，泽之以《诗》《书》，本之于仁义，深之以阅历，驯习久之”（《春觉斋论文·应知八则·意境》）。若超出“抒情”范围之外，则如“叙事”之类，已然非雅俗之一标准所能评衡，而固守以“雅正”为主之审美意识、审美趣味之传统文人、士大夫，亦以固守诗文（史诗不含在内）之正统为事，初不知小说、戏剧（戏曲）之类文体体式之前途更为广大，其最终臻致之艺术境界亦远非“意境”所能涵盖也。能破除雅俗之二元辩证（对立）思维而至三段式思维，臻致雅俗二元之上之大雅大俗之境界者，唯有意蕴耳。林氏论“意境”“神味”均固守旧思想、旧意识，而不能更新意蕴，其不能破除雅俗二元之格局也必矣！

如王维),此即宗白华论"意境"而以艺术为主要着眼点、钱锺书论王维为"小的大诗人"(尚不能与李杜相提并论)之根本原因。① 若"神味",则不受传统文化、现代文化甚至未来文化形态、意蕴之影响,而根本受人之思想、精神之影响,故其普适性大过于"意境",而适用于古今中外任何文艺之领域、体式,但因其所寄托者发达与否耳。原之,则"意境"之最佳表现领域抒情诗、山水画、建筑园林之类,乃吾国"诗画相通"思维之诗、画所建构之艺术境界之经典妥协形态,乃艺术之最高境界,而非文学之最高境界,德人莱辛《拉奥孔》已明绘画之最高境界尚非诗歌之最高境界之义矣(其所谓诗,尤意在史诗之大具"叙事性"者,故其所明者,实即艺术之最高境界尚非文学之最高境界之义)。由此可见,"意境"为以"抒情性"为主之文艺之最高境界,而"神味"为以"叙事性"为主之文艺之最高境界,后者可兼有前者。若吾国作者仍迷恋抑或受限于"诗画相通"之次高境界之经典妥协形态,则将永不知"神味"之为更高更上之审美理想艺术境界也。

"意境"蕴含吾国传统文化意蕴之性质如此,故吾国

① 参宗白华《美学散步》一书,尤其《中国艺术意境之诞生》一文,及钱锺书《中国诗与中国画》一文。

之旧体诗,殆多不可翻译为外文;非但不可翻译为外文,即译为白话(旧体诗之类白话者亦有之,然非主流)亦不可。若加翻译,以回视法观之,而诗意丧失大半矣。譬如以之,一经翻译,非若熬米为粥,而直兑水入酒之不若矣!何况诗之体式,本以凝练为事,如采花为蜜、米酿为酒,甚而凤凰涅槃,而翻译之过程则无异稀释之,诗之既有之因含蓄而得之“意境”亦多不复存在。更有甚者,吾国之旧体诗所造成之“意境”,其核心为吾国之传统文化,由此传统文化之熏染而成意蕴相对稳定之意象,“意象”以成“意境”。若加翻译,西人语言中之语词(“意象”)之对待者则不具此种之文化意蕴,即有之,若非西人能深于吾国之传统文化,则不能有会心之妙,得真切之体悟。新诗脱弃吾国之传统文化意蕴,然尚无一可与吾国传统文化相抗衡之新文化形态以为根本,故其成就不能与西人相比,即有新文化为之根本,仅就艺术而言,与之相提并论亦非短近之可期;而仍以“意象”为表现之根本质素,则即上述两者具备,亦见文化意蕴之隔膜。若“神味”说,则以“细节”为表现之根本质素,与“意境”之以“意象”为表现之根本质素不同,“意象”多朦胧含蓄,“细节”则虽经“九度”而“将有限(或局部)最佳化”,然较具体可感,富含“事”之一因素，即文化意蕴有所隔膜，而“事”之因素，则中西易通。故以“意境”胜之文学，多不可融通于西方，而难为其所解悟，此由旧体诗之不可翻译即可知之矣；若以“神味”胜之文学，则多可融通于西方，易为其所解悟，无论旧体诗、新诗皆然也，更无论小说之易富“细节”者矣。20世纪以还，吾国小说之翻译远较诗歌为成功，即其征象。今人多有以西方不悟或不屑悟吾国之文化之现状为忧心忡忡者，而倡变“拿来主义”为“送去主义”，“拿来”固不得其法，多不得其实，而“送去”亦不免一厢情愿也。强西人而“送去”，实拙劣法，未若建构融通可行之理论以引导吾国未来之文学，而以“神味”为新审美理想，则中西文化之融通自然水到渠成矣。故“神味”说理论者，骑驿、融通中西文化、文艺之新审美理想理论体系也，吾国之文化可藉以更新其精神，文艺可藉之突破、超越传统之意境而开辟新境，成就既大而伟、富而丰，则如吾国之古董、资源，虽不召之，而西人将自前来，而趋之若鹜矣，又何忧邪！抑或能以此东方本土之“神味”理论阐释、研究西方文艺，以此融入西方世界，则亦可行之一方；若以西释西，则其成就始终难以逾越西人，此不难料想，宜西人兴趣之不大也。

“神味”说理论体系之哲学思想核心为“豪放”之精

神，以吾国传统文化之保守，20世纪以后之新社会，尚不能根本摆脱“意境”及其中所蕴含之保守思想精神之影响，故“神味”之为新审美理想之行于天下也，其根本亦在思想之更新。本身即思想保守，精神又不面向世俗之现实世界，“现实性”不烈，于传统文化思想羁縻主体之现状坐享其成、无动于衷，则焉能接受“豪放”之思想精神？更无论“豪放”之思想精神之践行矣。故新旧审美理想之递兴，乃思想精神“否定之否定”之矛盾冲突之过程，乃思想精神之根本对决，否则虽“神味”说足为与“意境”相比并之系统理论体系，思想精神而不更新，亦难得实现而大行之，虽得大行而有若干经典杰作，亦难得相应之价值肯定也。

一一、“神味”之在文艺实现之情况

“神味”之创造，戛戛乎难矣哉！诗之领域，古代已多有实现，然“吾国古今之诗人，虽各有特色，众星灿烂，汇为诗歌史之辉煌，然此合众人之力以成就者，若碎金之积为巨富也；至若以一人之力而旷古绝今，尤须有单篇之闳美深肆之巨制，而奄有众美之淋漓，则其人也，尚未见也”（《诗词曲学谈艺录》卷一之四九则）。虽其在审美理想之层面整体高出于以“意境”为最胜者，然其整体成就，较之

“意境”之实现者，尚仅具备相与抗衡之力量；若不理传统诗学之狭隘而计入元曲之剧曲，则已足与之相抗衡。① 若新诗，则虽多已摆脱“意境”之束缚，然尚未步入“神味”之大道，其迄今之成就，远不能与古之“意境”为胜之作品整体相媲美，其尤特出之杰作，则颇有出胜之点，如意蕴之层面、高度，而端赖脱出僵化之旧体诗之文体形式及容量之增大。小说之领域，因得“事”即“叙事性”（“细节”）之力，则自唐传奇成熟之日起②，即大以“神味”之追求为主，时代愈近而愈益，未来亦然，“意境”非但非其最高最上之追求，且其成分日少，尤其20世纪以后之作品文本，以较之古之作者之以文人、士大夫精英阶层为主而固守吾国传统文化思想之意蕴而趋于共性之态势，20世纪以后之作者更趋于个性之分散态势，且相对于、超越吾国传统文化思想之新文化思想迄今未得根本建立，故新意象亦未

① 20世纪以后之旧体诗，如聂绀弩之旧体诗最具代表性，整体显见为脱出“意境”而以“神味”为最胜、最高最上之追求，然其佳作十未有一。拙著《聂绀弩旧体诗研究》（四川大学出版社2012年版）详有研究、阐释，可参看。

② 吾国“叙事性”之代表性文本之最早、最具规模者，则以二十四史为代表之正史及稗官野史，然早于唐宋传奇者，多不以为文学之心术作为，故绝少文学之品性，若能具文学之品性如《史记》之若干篇章，其“神味”之表见亦可纳入小说之一流脉，但小说乃虚实结合、以虚构为主之更高之艺术形态，而正统史传之“叙事性”，则根本于实也。

成熟且成系统也。即其成熟，亦不足与“细节”相比，其所建构之新“意境”亦不足与“神味”相比。若小说中如《红楼梦》之古代文学作品文本，则以“神味”为最胜，而“意境”之建构亦甚特出，然总为“神味”之建构服务，其为吾国传统文化熏染之文人、士大夫精英阶层以“雅正”为主之审美意识、审美趣味之最强凝集、复合，今后已然难以为见矣，其前则尚有《西厢记》之类作品文本为之先导而甚杰出也。若戏曲（戏剧），则可视为其同流（以两者之核心皆“叙事性”也），其情形大体同之，然吾国之戏曲，除少数尤为杰出者如关汉卿等人外，则仍以“意境”为根本追求，虽如王实甫之《西厢记》亦然，乃以“意境”为最胜、最高最上之追求转向以“神味”为最胜、最高最上之追求最为经典之中间、过渡、妥协形态，然此种杰作，已然可见“神味”之程度愈显，渐以占据其所建构之艺术境界之最高境界，“意境”之建构不过为文人、士大夫以“雅正”为主之审美意识、审美趣味之留恋、调剂，其所表现之主要内容已然决定此种“雅正”为主之审美意识、审美趣味已然不敌世俗之现实世界之社会生活之“大俗”之美矣。若影视，如《西西里的美丽传说》《新龙门客栈》《红高粱》《跛豪》《霸王别姬》《英雄本色》《榴莲飘飘》《小武》及周星驰电影、卓别林电影;《上海滩》《西游记》《红楼梦》《宰相刘罗锅》《康熙微服私访记》《神医喜来乐》及农村题材之杰出者,其见为以“神味”为最胜之境界均较其他文体为胜(然非谓其具体作品之整体成就高于小说、诗歌),所以然者,盖其“将有限(或局部)最佳化”思维所能调动、运用之质素,远较其他文体为胜(然如《宰相刘罗锅》《康熙微服私访记》之类之思想、精神、意蕴,则未必敢全以赞之),其较之文学之作者以一人之力作为之态势,则影视之可以多人以至于若干人(团队)力量凝集之态势之优势顿以见矣!① 若杂文,如《与山巨源绝交书》,亦真杰作;而鲁迅乃极致此体之美,其所能凝集之趋指于“神味”之境界之质素,较之其他作者远以过之,且其为作手,伎俩尤胜。若漫画,则当代以来尤胜,不胜枚举矣。

总一切诸文体、作者、作品而观之,则无有其一能表见“神味”所有之重要之义之完美境界者,然 20 世纪以后,摆脱“意境”而以“神味”为根本、主流之追求,则其总

① “凝集”即“将有限(或局部)最佳化”根本思维之表面态势,就此表面态势所“复合”之质素而言,乃趋于无限之态势,故“凝集”而非简单之“复合”,其“复合”之质素愈趋于无限,则其操作之难度愈甚于“以有限追求无限”之根本思维方式。“凝集”之结果,即“结晶”,以本质言,则即如“花中之蜜”甚或“火中之凤”者矣。

体之态势，而不可掩抑者也。若以理论体系总结、阐释之，昭示以审美理想之高度，则未来中外文艺之能表见“神味”所有之重要之义之完美境界者，大可期也！

一二、“神味”说理论体系核心之三要素

三要素之在“神味”说理论体系而言，亦分“道”“技”之两种境界。以“道”言之，则“神味”理论体系核心之三要素为：“无我之上之有我”；“细节”；深闳伟美、大气磅礴。其表现之一以贯之者，则“将有限（或局部）最佳化”；其内在之一以贯之者，根本则性情，极致则豪放之精神。性情尤重朴素，由天真而至烂漫，得人间“大我”之情味而至泼辣、豪放。若无性情中之朴素天真，断不能至于豪放泼辣之境界。若“细节”，则“不可复”、“将有限（或局部）最佳化”、“九度”、大写意、隐喻（象征）诸义之综合，以其为世俗之现实世界及此世界成就之“无我之上之有我”之寄托、表现，故能以大俗而臻大雅也。

以“技”言之，则“神味”说理论体系核心之三要素为：思想（精神）；象征；“细节”。“细节”之质量，最终决定文本之整体质量，故虽有极好之整体故事、情节，而“细节”质量不高，不够出色，则整体质量仍难为高。故人文领域之作为，思想、观点、故事情节之类，皆不易为新，除非社

会、时代大变；然可后出转精，即所表现、阐释者，较之前人更为精到或精彩、文字水平更高、系统更深密广大，如《水浒传》《西游记》《西厢记》之成就，无不如此。唯有“象征”，乃能整体笼罩局部，笼罩“细节”，使每一最基本质素、最小单位之“细节”皆能“将有限（或局部）最佳化”；其为整体者则为“象征”，其为局部或落实于“细节”者则为“隐喻”。“思想（精神）”则根本最终决定文本之境界，而必用“象征”“细节”二义以寄托、表现，故“思想（精神）”虽为核心之三要素之一，却统领、贯穿其他两者。若“神味”之完美境界，则“思想（精神）”“象征”“细节”三者三位一体，浑融而不可分矣。

“神味”一义，尤重“细节”。夫“细节”者，作者主体力量灌注之体现“九度”之最集中、最小之单位，因以臻致“神味”之境界，而不可复者也，其本身亦具层次性、系统性。20 世纪之社会生活气象与古大异，“意境”已非新诗、小说之主流主体追求，新诗为辟生路，由“意境”而退回至“意象”，而以“意象”为核心以反意境，以打破“意境”所含之传统文化僵化、单调之共性意蕴，欲别有建树，此其极为可贵之根本意识。而以“意象”为核心，则不能不以“抒情性”为核心（其表思想者虽然或许深邃，然亦多不成功，且仍单调而不足以整体超越吾国之传统文化思想），此新诗最大之失误；且以有限、局部之最小建构质素、单位“意象”以反整体之“意境”，亦根本无逻辑上之现实可行性。故新诗仅知反“意境”之必要、反“意境”乃能前进，然却未得其法。若能以“细节”为核心，不独可以成功摆脱“意境”，且能摆脱以“抒情性”为核心之单调，而造以“叙事性”（“细节”）为核心之境界，如此则“神味”之境可期，而可以“神味”为新审美理想以反“意境”者矣。“意象”较为散漫，仍为以有限追求无限之性质，而“细节”则体现“九度”，是“将有限（或局部）最佳化”也。唯以“细节”为核心，未来之文艺乃能真正与传统文艺根本有异，而大进之。小说之“细节”或不能表见作者之为主体之“无我之上之有我之境”，而诗则能之，故诗为文艺之最高境界；“无我之上之有我之境”为我性之最高境界，和此两者而言之，则诗为人世间人之最高境界也无疑矣！

进而论之，“情景”“意象”“意境”之与“故事”“情节”“细节”，此“抒情性”“叙事性”文学渐次而高之发展也，其歧异甚明，即前者追求“由有限以求无限”，后者则追求“将有限（或局部）最佳化”。“情景”“意象”“意境”“故事”“情节”皆或可复，前三者不必言，即“故事”“情节”，古今中外亦每有复(如主题、母题研究之所昭示);而“细节”之根本性质则为“不可复”,重复之“细节”即无多价值矣,且痕迹显然,不似“意象”之可反复凑合也。若“意象”者,亦经主体选择之情景之“细节”,但不以蕴含“事”之一因素为主耳。唯其不以蕴含“事”之一因素为主,“现实性”太弱,故丧失最直接于现实世界之世俗民生之机会,无论其无限丰富、复杂、深刻之磅礴伟美矣。“细节”之旨归,无不在彰显主体之于现实世界之世俗民生之人格境界、思想境界、精神境界何如也。故“细节”之“将有限(局部)最佳化”,即主体融入现实世界之世俗民生之精神,而无限扩大其态势,故此一过程,实融“将有限(局部)最佳化”与不隔于现实世界之世俗民生之无限之两种追求为一,所谓“将有限(或局部)最佳化”,无非“无我之上之有我之境”之所以成就,“神味”一境之所以臻致者也。“意境”之“以有限以追求无限”,而因意象而为之,则以消融表现现实世界之世俗民生之“事”为能事,而以“象”见,此“象”又以归于“意”即吾国传统文化之形而上义旨为事,故“意境”中所蕴含之“意”,终归于抽象、类型化之共性思蕴义理,虽或足以彰显主体之情感、意志、理想,而去现实世界之世俗民生则益远矣。以是言之,诗为文艺之最高境界，为人世间人之所有之最高境界，而叙事诗为诗之最高境界，诗中所见之“无我之上之有我之境”，则自我之最高境界也。吾国古来虽有叙事诗之杰作，如《孔雀东南飞》、汉乐府诗，然无类乎“神味”说之理论为之支撑，终不能堂而皇之位列抒情诗之前；况吾国古代之叙事诗，或杰出之程度不足，艺术性欠缺，或篇章太短而容量不足，因而精彩不足，或不足以寄托作者之主体性精神，因而去“神味”一义之最高境界尚有一间。叙事诗之典范则史诗，此正吾国所最缺乏者，即虽或有之，而其地位则始终不能入于主流，虽有一定之长度，而杰出、精彩之程度不足，“神味”不足，则同于吾国古代之叙事诗。限于时代，叙事诗未必皆以史诗为尚，但能以“神味”为追求，兼而能至“无我之上之有我”“细节”“深闳伟美”数义，则无不可臻致最高之境界也。

一三、“神味”“意境”内涵之总结

以老庄哲学思想为主，以禅学意蕴为辅①，以“以有限

① “意境”之生成，“道孕其胎，玄促其生，禅助其成”（于民《空王之道助而意境成》，《文艺研究》1990 年第 1 期），是矣。就历史进程而言，则渐其端于魏晋，波澜于南北朝，汪洋于唐，深湛于宋元。玄学乃老庄、佛学相融合之第一境，禅学乃老庄、佛学相融合之第二境。第一境之见为文艺尚不成功，如玄言诗、人物画；第二境之见为文艺乃大成功，如唐之山水诗、（转下页）

追求无限”为创构之根本思维方式，而以“意象”（“兴象”）为创构之最小质素、单位，一以贯之以平和、柔弱、超逸之精神，以“我”之寄托于物为核心，并综合运用有无、虚实、动静、刚柔诸二元辩证法，其最终之艺术境界之质量取决于此辩证法运用之质量（如“意象”选择及由此产生之不同创构），以求得言外之意、韵外之致，整体以优美、大雅之美为主，为中国传统文化意蕴孕育、熏染之文人、士大夫以“雅正”为主之审美意识、审美趣味①之综合表现，以传统文化之共性征态寄托其优美高远之人生理想所造为之可复之艺术境界者，曰“意境”；“意象”“意境”根本提升质量之法，则老庄思想共性意蕴（意趣、理趣）之强化，而人格凸显，性情流露。无论其最小之质素、

（接上页）山水画。以必落实于文艺言，则禅学之义理旨趣为无文字，故其助力“意境”者乃以“空”“静”诸义深彻其艺术境界，“意境”之在“技”之建构之层面由之而得成熟，因之而极，亦因之而陷入根本之缺陷（乏真正之“主体性”“现实性”“叙事性”）；“意境”之在“道”之建构之层面，则老庄思想之意趣始终占据最高最上之地位，而见为超逸、旷达之襟怀旨趣，故陶渊明虽处玄言诗之时代氛围，而能独领风流，后世绝妙之禅诗不能过，即其征矣。若中国古代山水画之巅峰——元之山水画，则禅学之义理旨趣益难表现，而老庄思想精神之意味旨趣显居于最上流之地位。故“意境”之生成，自“技”之角度言之，则禅学令其臻致成熟，而自“道”之角度言之，则始终以老庄思想精神之意味旨趣为主——主辅之辨，当于此见。

①此种审美意识、审美趣味之典型代表，如元之山水画、明张潮之《幽梦影》，其学理上之总结、阐释，则王国维之《古雅之在美学上之位置》一文。

单位“意象”抑或最大最终之追求“意境”，均体现上述诸义旨也。以儒、道两家哲学思想之补短取长、关注作意现实为理想，以趋指于异于、突破、超越吾国传统文化之新文化思想之境界为征态，以“将有限（或局部）最佳化”为创构之根本思维方式，而以“细节”（以“九度”为质量之评衡）为创构之最小质素、单位，一以贯之以豪放之精神，以突破、冲决、超越旧有及其腐朽、丑恶、虚假、荒诞而创造新质为最高意蕴，以“无我之上之有我”之成就为核心，以外在无限丰富、复杂、深刻之世俗之现实世界之诸相、诸意蕴探求、表见世界、人生之本相、本质，及我性成就之矛盾、冲突、曲折、挣扎、痛苦，昭示以人为最第一之价值，而见为自我或“神味”之豪放磅礴、烂漫泼辣、淋漓尽致，整体以壮美、大俗大雅之美为主，为有志于自我成就、社会民生创新进步者思想、意识与世俗格调、趣味之综合表现，以世俗之现实世界之作为寄托、实现其人生之价值、理想或藉批判而见其意，而见我性、世俗之现实世界之“深闳伟美、大气磅礴”之“不可复”之艺术境界者，曰“神味”；“细节”“神味”根本提升质量之法，则主体人格境界、思想境界、精神境界之提升，思想、精神之现实性是其关键，若与思想相关而见为技艺者，则“象征”（隐喻）一义整体之经营、笼罩，如此，虽“细节”而能见大，而无不意蕴、神采兼备。无论其最小之质素、单位“细节”抑或最大最终之追求“神味”，均体现上述诸义旨也。

“意境”之内涵，古今虽日益丰富，然其内涵、意蕴自唐代成熟后即无根本之改易，如王国维“境界”说者，亦但体悟丰富、恰切之，逻辑强化之，意蕴深化之（大受西人哲学如叔本华之影响）而已耳。“神味”之内涵，古今未多丰富，更无内涵、意蕴之根本改易，有之，则自“神味”说理论体系始。其所谓“神”“味”“神味”，均大异于古：“夫‘神味’者，‘神’即‘传神’，即所以能表出‘味’者，此犹是古之高境，而其更进者，则个性性情之极致，主体性精神发挥之极致，作者之人格境界、思想境界、精神境界之极致，即‘无我之上之有我之境’；‘味’即‘无我之上之有我之境’中结晶之世俗民生、以俗为主之意蕴，及所表出之之豪放泼辣、自信烂漫之境界、姿态，而非范温《潜溪诗眼·论韵》所言‘有馀意之谓韵’之‘韵’，或风味、韵味、意味之‘味’。吾国传统诗学之‘味’论千百年来意蕴、内涵无进，乃自‘技’着眼，泛泛而论，不关乎‘大我’境界之成就也。‘大我’若不经由‘无我之上之有我之境’而至，则亦不深邃。……但能以不隔之姿态入世而及于现实世界之社会民生，积聚气、情以使我性结晶、独立而突露，便可直入于‘无我之上之有我之境’，若能具文学之才能而以表出之，达致‘将有限（或局部）最佳化’，即可至‘神味’之境界也。”（《诗词曲学谈艺录》卷一之第二则）。总之，利益乃人类社会之根本问题，乃阻碍主体提升、成就之最大现实，非“以人为最第一之价值”思想形成之社会旧秩序及其利益格局，主体由之产生无比强烈之“现实性”品性、精神，与此秩序、格局矛盾、冲突而造成无限丰富、复杂、深刻之社会民生意蕴，形之于“事”，以“将有限（或局部）最佳化”之根本思维方式结晶为“细节”，趋于无限之“九度”，其间种种之曲折，又极为吾国人之所擅①——上述种种之纠缠乃“神味”之根本、最大之渊薮也。即作品文本之愈能表现“以人为最第一之价值”之思想、态势，以此为核心而表现真善美与假恶丑两种力量之矛盾、冲突愈烈，借此表现主体“无我之上之有我”之成就及境界愈显，则“神味”益出，此“神味”艺术境界建构之“道”也；愈以“将有限（或局部）最佳化”“九度”之根本思维方式凝集无限丰

① 如“潜规则”“劣币驱逐良币”之类，不遵公理正义，不张人性之善，儒家现实功利思想所造就之吾国之为人情社会，往往无所不用其极，宜其“神味”见之为“事”之不可限量也。

富、复杂、深刻之“细节”,“细节”之表现愈趋于“大写意”“象征”“暗喻”“夸张”“荒诞”诸手法之综合,即愈趋于以喜剧法表现悲剧,则“神味”益出,此“神味”艺术境界建构之“技”也。“道”“技”合一,而后欲不得成就深闳伟美、大气磅礴之“神味”,亦不可矣!古人不知大用“神味”于诗,小说如《红楼梦》之大成就者亦仍受困于“小道”之传统思想观念;20世纪以后诗歌没落,小说崛起,遂成以“神味”为最胜之艺术境界之大本营,其他以“叙事性”胜者,亦蓬勃而兴,然其价值始终不得中肯之评衡。“神味”说之出,即以新审美理想之理论形态赋予其最高之价值、地位,使得理论层次之确然无疑之定性、定位。而由“神味”“意境”两新旧审美理想理论体系之对比可知,“意境”之内涵侧重于自然性层面(其“意”被形上化而趋于共性一般之意蕴),而“神味”之内涵则侧重于社会性、主体性层面(其“意”趋于世俗之现实世界无限丰富、复杂、深刻之社会民生之独特性意蕴),故能以进之也。

一四、“神味”说理论之两种境界

自“神味”一范畴之整体而言,则分“道”“技”两境界,为两层次。“道”之境界之“神味”,为第一义,则必具“无我之上之有我”之特性,其核心为豪放之思想精神,而成就于世俗之现实世界;"技"之境界之"神味",为第二义,则必具泼辣、烂漫、淋漓尽致、大俗大雅诸豪放之风格形态,以最尖新之生命力为动力而使诸二元辩证法之质素臻于最佳化,而能以"细节"为寄托者。[①] "技"之境界,又分"艺""技"两境界,"艺"之境界着眼于人生之存在,"技"之境界则纯粹着眼于文艺之表达、表现,内在虽佳,而外在之表现不佳,"神味"亦不完美也。"道"之境界"尽我",而"技"之境界"尽物",两境合一,物我各臻极致,即"神味"说理论之最高境界矣。

若"神味"之第三义,则吾国传统文论之所既有,非拙著所建构、阐释之"神味"说理论,然亦以之为基础而吸收之也。故若自古今"神味"范畴、理论之视界观之,则"道"之境界之"神味"、"技"之境界之"神味"、吾国传统文论所论之"神味",适为"神味"之三境界也。

一五、"神味"说理论体系之逻辑起点、建构之总逻辑与逻辑理路

"神味"说理论体系之逻辑起点,并非单一之状态,而可分为两层次、两境界:一为此一理论体系形成

---

① 另可参《诗词曲学谈艺录》卷一之一五则。

之思想逻辑起点，则即“以人为最第一之价值”，而“豪放”之思想精神乃其必然之归宿；一为此一理论体系形成之最初逻辑切入口，由此切入口深入、延展可贯穿、解决、解释一切诸理论问题，则其逻辑起点为王国维《人间词话》“境界”说之“无我之境”之不足为主体之最高境界，即“无我之上之有我之境”之成就，“有我之境”“无我之境”两分法之缺陷得以逻辑层面之修复。此两层次之逻辑起点，犹然为“道”之境界者，若“技”之境界者，则根本有异于以“意象”为主、为最小质素、单位建构“意境”之新审美理想艺术境界建构之最小质素、单位之确立，即“细节”一义之发现、确立。即“细节”一义之发现，乃根本、真正令人窥见“意境”之外更高更上之新审美理想艺术境界之可能性。因“细节”最终为“道”之境界之两层面之归结点，又为“神味”说理论体系形式逻辑层面之关节点，故“细节”可称上述三者逻辑起点之凝集也。

“神味”说理论体系建构之总逻辑，即《诗词曲学谈艺录》卷一之第一则所论：“诗以能至‘无我之上之有我之境’之‘神味’之境界为最高境界；词曲亦然，文艺无不然也。能至‘无我之上之有我之境’乃能尽我，而内在之

'气'与'情'皆足以臻深闳伟美之人格境界、思想境界、精神境界,而自立、独立为最具我性之姿态。有'神味'乃能尽物,由艺入道,外接世俗民生而不隔,其表现复亦斑驳异致、烂漫多姿而见我性之三境('有我之境''无我之境''无我之上之有我之境')之逐次提升,由'小我'而成'大我';由技入道,将有限最佳化而活色生香、淋漓尽致,化为若干不可复之细节,遂使我性之生命力、气与情之磅礴洋溢、精神姿态之表现之张力之色彩至于顶点。若'境界',若'无我之境'(王国维《人间词话》),皆其次而有所未至者焉耳,由之更上而至'无我之上之有我之境',乃足称人(人生)之最高境界,唯表见'无我之上之有我'之'神味',乃足称文艺之最高境界也。"

"神"为主体之极,"味"为人世(现实世界)之极,"神味"则物我(主体之与自然、主体之内在外在、主体之与他人或人世)两者之极致,乃主体、现实世界所能臻致之最高可能。

具体而言,则"神味"说理论体系建构之逻辑理路,如下所示:(1)吾国传统文艺之最大、最具代表性、最具民族性、最富东方文化色彩之审美理想理论体系为"意境"理论,故欲突破、超越"意境"理论而建构、更新审美理想,必自整体着眼，而非点、面局部之突破、超越，以点、面局部之突破、超越，仍无以整体突破、超越“意境”理论；必具此种思想意识，然后可为新审美理想之探索、建构，必具此种思想意识，然后知此事之绝难为也。(2)自“意境”理论之集大成者形态王国维《人间词话》之“境界”说入手，以王国维托名樊志厚《人间词乙稿序》所言之“南宋词人之有意境者，唯一稼轩，然亦若不以意境胜”，判定并推衍出有高出于“意境”理论之艺术境界，而为“意境”理论所不能涵盖，或其主流、最高最上之追求并非“意境”。(3)20世纪以后审美理想创造之贫乏，已为学界所公认。① 以古代尤其20世纪以来文艺创作主流及其典范、代表作所追求之最高境界并非“意境”，而命名之以“神味”，并推崇为新审美理想之高度。以“意境”理论难以为西方世界所体悟，故“神味”尤重中西文化、文艺境界之融通，提升“神味”说诗学理论为全人类、诸民族、诸地域、诸时代之审美理想。(4)以“意境”理论主要对应“抒情性”为主之文学，相应推导出“神味”说理论之对应对象当以“叙事性”之文学为主，由德人莱辛《拉奥孔》一书辨明诗之最高境界高于绘画(雕塑)之最高境界，及宗白华之论“意境”而

① 学界多有成果阐说，拙著《论意境》有论，此不再赘述。

着重在艺术，确论“意境”最适用之领域为艺术而非文学，故其最高境界不能涵盖文学之最高境界，此种“意境”不能涵盖之文学之最高境界，即名之以“神味”，然后确认此种文学之最高境界之“神味”之内涵并非古代文论中之“神味”范畴之内涵之既有者，而依据其所对应之文学典范、代表作重新阐释其内涵，并建构其理论之逻辑体系，一如“境界”说之曾然，而又庞大、深细、系统之；由文学、艺术之表现介质之不同，而确定“神味”之最高境界只能见为文字，由“神味”艺术境界建构之“叙事性”为主之一要义，故可由诗歌而延展至于小说、戏剧等体式，甚而网络文字，及图片（绘画）之具“现实性”“叙事性”者。（5）审美理想之更新，归根结底为思想意识问题，为哲学思想问题，故考察诗歌之最高境界，无论唐诗、宋词、元曲，皆为豪放之风格者，由之推崇豪放之思想、精神，乃吾国传统文化之中最具主体性精神者，其核心内涵为不受拘束，根本依据为“以人为最第一之价值”之思想，而非僵化、冰冷之现实秩序、法度，故最具创新之精神、能力，最积极于现实世界之改进、创造，最能彰显主体之姿态而又持之以美之境界；由豪放之精神，可彻底扭转以老庄为代表之柔弱、消极之“天人合一”（“物我合一”），扭转儒家传统诗学之“温柔敦厚”为主之思想、风格，儒道两家思想影响之消极之平和、中和、冲淡、超逸之风格、色彩，而崇《易》之动之精神，以形成文艺以“壮美”为主之艺术境界。由此确立“意境”“神味”之思想基础、精神核心，以“豪放”为根本思想精神，以自我之提升至于“无我之上之有我之境”为核心，以“壮美”意识、风格之培育为氛围，超越“意境”为传统精英文化阶层狭隘之审美意识、审美趣味及追求“大雅”之美之乏“现实性”品格，而倡“神味”之“大俗大雅”之美，而面向一切社会大众。由内在豪放之精神，探讨“神味”外在寄寓之最佳形式、形态，以豪放烂漫、淋漓尽致为主而与传统之含蓄蕴藉相衬托映照。(6)由古今哲学之“三段式”(“否定之否定”)逻辑思维推衍出王国维“有我之境”“无我之境”两分法遗漏之更高之最高境界“无我之上之有我之境”，此一境界，乃主体之最高追求，亦为文学最高境界之所必具之质素，为“神味”高于“意境”之根本原因。王国维之“境界”说以“无我之境”为最高境界，其核心实质则以“古雅”为代表之保守思想精神衍生之审美意识、审美趣味，以雅正、平和、超逸、消极、柔弱为特质，趋于传统文化之共性意蕴而乏个性自我之追求、魅力。“无我之境”之实质，即王国维《红楼梦评论》之所言优美者：“美之为物有二种：一曰优美，一曰壮美。苟一物焉，与吾人无利害之关系，而吾人之观之也，不观其关系，而但观其物。或吾人之心中，无丝毫生活之欲存，而其观物也，不视为与我有关系之物，而但视为外物，则今之所观者，非昔之所观者也。此时吾心宁静之状态，名之曰优美之情，而谓此物曰优美。”《人间词话》亦云：“无我之境，人唯于静中得之。有我之境，于由动之静时得之。故一优美，一宏壮也。”古今大体似乎“无我之境”之理论形态，则如“温柔敦厚”、“含蓄”（言外之意、味外之旨）、“兴趣”（水中之月、相中之色）、“神韵”（王士禛）、“蕴藉”（贺贻孙）之类皆是也。“无我之上之有我之境”以豪放为精神，乃自我动态之提升，直接指向世俗之现实世界，既具主体性之个性，又具趋于无限之丰富、复杂、深刻之“现实性”，且加界定，理清其与“大我”之关系。

(7)“意象”“意境”追求共性形上意蕴之特性，导致其根性为可复，以求向传统文化之共性意蕴之中安身立命，而丧失主体介入现实之品性，使艺术之生命力趋于单调、衰弱，更无望于震撼、崇高、复杂、浩荡、深闳伟美、大气磅礴之境。其能区别于“意象”而不可复者，则唯“细节”一义，而更界定“细节”之质量之评衡标准为“九度”，为“无我之上之有我”之具体寄托，如此则以不同于“意象”“意境”建构以“以有限追求无限”为主之以“将有限(或局部)最佳化”为主之思维方式，而造为“神味”之境界。由之推衍出“意境”之创造思维方式为“以有限追求无限”，而“神味”之创造思维方式则为“将有限(或局部)最佳化”，前者仍为消极之“天人合一”(“物我合一”)，后者则为积极之“天人合一”，而两种“大我”之境界，亦缘之而得区别。由诸要义达致之不同，“神味”凡有三层次、境界，略可视为三种类别。(8)由“神味”说理论及古今中外(尤其20世纪以来)以“神味”胜(尤其以“神味”为最胜)之文艺，可为批判、继承吾国传统文化思想精神之立足地，并以为新文化思想精神整体突破、超越并最终得以真正建立之根基，自最根本、深厚之层次确立“神味”说之理论存在，完成审美理想之更新，进而完成文化思想精神之更新，则“神味”说诗学理论之终极目标也。故“神味”说之为新审美理想理论体系，其使命非仅突破、超越旧审美理想理论体系“意境”理论而已耳，且以整体批判、突破、超越吾国以儒家思想为核心之保守之传统文化思想精神为使命，突破、矫正儒家以等级意识为核心之思想精神，确立“以人为最第一之价值”，以“无我之上之有我”之成就为主体之理想也。

一六、"神味""典型""意境"三大审美理想形态之综合比较

上述"神味"说理论诸要义,乃就"神味""意境"两大审美理想理论体系对比而论者,此外西人又有"典型"理论①,今日之中国文论(美学),率以"意境""典型"为"抒情性""叙事性"文艺作品之最高境界,而分属中西,此为常识。故"神味"之为新审美理想、文艺之最高境界,不可不综合而论"神味""意境""典型"之关系,以见其与旧审美理想之关系。此外复有以"意象""意境""典型"为艺术之三至境者,则其误有三:其一,不知无论"意象"之最终指向是否为"意境",均层次较低,为艺术境界建构之基本单位,无法与"意境"相提并论,不足为文艺之最高境

---

① 除西人之"典型"论外,东方又有印度诗学之"韵"论(如曼摩吒《诗光》)、"味"论(如毗首那特《文镜》)。其中后者侧重于审美鉴赏之共性意蕴之表现、呈现,主流态势尤推崇"艳情味"(男欢女爱),此一态势较好,然范围狭隘。前者侧重于表现手法之"暗示",因之而重表现之曲折含蓄,此较之宋代范温《韵论》所论"有余意之谓韵",更高一筹。总体而言,印度诗学之"韵"论、"味"论均介于本书正文第 148 - 149 页"神味"说理论"神味"三境之第三境、第二境之间,无"神味"说理论最崇主体性"无我之上之有我之境"之态势,其他诸要义亦多不同,且拙著《论"神味"》已稍有论,本书不再过多关涉。

界、审美理想。“意象”虽或有以象征而广深之者，然完美之象征，即能见为无限丰富、复杂、深刻之意蕴系统者，亦必赖“意象”之多维联结，且“意象”仅为其中之一因质，以单一之“意象”而言，其所生成之艺术境界（世界），较之“意境”“典型”“神味”，洵小巫见大巫也。其二，则古今中外之审美理想，其基本态势、根本性质为不同时代之更迭性，更迭性之本质为创新性，无此更迭性、创新性，则后之审美理想不必出，出而无根本之创新性，亦不足为真正之审美理想，此由审美理想之本质使然者，故以此三者为并列共存之三至境，乃抹杀审美理想之本质者，亦欲拒斥未来新审美理想之出世也。其三，则审美理想之本质为文艺之最高境界、最高追求，其根本向度为“最高”，而凡属最高者，只可为一，而不可为三。如此则“意象”可去，唯余“意境”“典型”两者，此两者一为中国所独有，专注于“抒情性”领域，然抒情之外之领域如叙事则不能涵盖，且20世纪以后之文艺创作主流已不以“意境”为最高之追求，故“意境”断非文艺之最高境界，亦不具普适性；若“典型”，则专注于“叙事性”领域，且可表出人物之心理、情感、思想、精神、意蕴，其普适性亦较“意境”为宽广，如“意境”之本质实为吾国特有之传统文化思想之以文人、士大夫之以“雅正”为主审美意识、审美趣味之共性形上意蕴之表现，此亦可视为“典型”之一种，故“典型”之普适性实广大于“意境”，而可自此广义上兼有“意境”一义。归而结之，即“意境”“典型”两者之对决，以“典型”为更高之文艺境界。其后则余之“神味”说之新审美理想理论体系出焉，则“神味”“意境”“典型”之关系及高下如何？虽“神味”所面对之终极对决对象实为“典型”，而不妨与“意境”做一对比，“神味”说理论体系要义萃论之大部，皆是也，由之可见“神味”之高于“意境”而无疑义也。就现实之例证言之，则除 20 世纪以后之文艺已然不以“意境”为最高最上之审美理想之追求而外，即就“意境”与“意象”两者之关系，亦可见“神味”之高于“意境”：“意境”由“意象”构成，其层次更高，更具立体化形态，然“意象”却未必皆形成“意境”，如不以“情景”为核心而构成之“意象”是矣，即不以“抒情性”为主之“意象”，即“意境”以“抒情性”为主之领域之外之如叙事、思理者，则非“意境”所能涵盖，此种不构成“意境”或不以之为旨归之“意象”，如现代文艺作品意象之蕴含思想、社会生活意蕴者，其质量之高者，则直接形成“神味”而非“意境”，如“意境”笼罩之外之吾国 20

世纪以来之新诗，抑或西人之近现代诗歌、魔幻现实主义小说。

理清、解决“意象”无争衡审美理想之资格，“神味”“典型”均高于“意境”，然后可对比“神味”“典型”之区别、高下。根本言之，“神味”“典型”之所以均高于“意境”，在于两者相似、相同之特质居多，而共同相异于“意境”。其所同者，如“神味”“典型”之创构方式均为以“将有限（或局部）最佳化”为主，其构成之最小单位、质素，均以“细节”为主，即“典型”“神味”之超越“意境”也，乃同一性质，属同一阵营。其同中有异者，则“神味”“意境”之在此同一性质、同一阵营发展之层次不同，即“典型”并非以“细节”为最小单位、质素、以“将有限（或局部）最佳化”之创构方式形成之艺术境界之最高境界，以“典型”之“细节”，其核心之崇尚趋指于“人物形象（性格）”，其不属于“人物形象”之“细节”则无所归焉，如诗歌之类短篇之作，其中或并无以“人物形象（性格）”为核心之建构意图（如西方现代主义文学之淡化人物形象、情节），然仍多见“细节”而佳，又如网络段子或讽刺文学之不以“人物形象（性格）”为第一位之表现因素者，亦不关“典型”，不关“意境”，此类之佳作、佳境，“典型”“意境”均不涵盖之，而“神味”则不但可涵盖此种艺术佳境，且能涵盖“意境”“典型”两者。[①] 更进而言之，则“典型”之以“人物形象（性格）”为核心，其终极质量之关键为此“人物形象（性格）”之后深广而无限丰富、复杂、深刻之世俗之现实世界及相关意蕴之表见、揭示，即须在人物个性之基础上兼有共性，然以个性、共性之角度观之，虽两者始终为交流互动之态势，而其终极质量之关键却适在共性而非个性，即共性高于个性、重要于个性，个性之后之共性乃其终极之追求，故文艺常有“高大上”之弊病，此种“高大上”之弊病以“典型”为一切诸质素之终极、最高最上之趋指，必将令其所统合之“细节”（及其他质素）变异其趋指于“神味”之最佳特性焉；而文艺之最高境界，必以个性为最高乃可，如“神味”说理论体系之以“无我之上之有我之境”之个性之境界、自我成就之最高境界，其虽亦无不缘无限丰富、复杂、深刻之世俗之现实世界之社会民生而得成就，

---

① “典型”主要寄寓之文体形式为小说，若诗中则甚罕见，除非深具同一极好“叙事性”之史诗，故其文体适用之范围，较“神味”为狭。又如本书正文第 101 页所论之网络小说，可大见“神味”、以“神味”胜而殊少“典型”之境界，或不可以“典型”衡其最高境界。又因“典型”乃根本着眼于长篇大作而立论，故其论宏观有余而微观不足，其一特征即局部层面最终“人物性格”而非“细节”，即游离于“叙事性”之局部层面之一根本性质矣。

然其终极追求则趋指于自我“无我之上之有我”提升、成就,无限丰富、复杂、深刻之世俗之现实世界之社会民生终将为自我之提升、成就服务,而自我之提升、成就亦即主体之在无限丰富、复杂、深刻之世俗之现实世界之社会民生中之能动作为,以求改进现实,故“神味”之“现实性”亦甚于“典型”,其“批判性”则后者未必有之也。即“神味”境界之达致,必蕴含主体自我之提升、成就,其提升、成就本身即与世俗之现实世界融合为一,其自我提升、成就之终极境界、形态之各异缘于各主体之在无限丰富、复杂、深刻之世俗之现实世界之具体独特历程,其“现实性”之程度更高、品性更烈,若“典型”之必以相当程度之“人物形象(性格)”为代表而后乃可,则已见作者之主观选择,已然隔于现实一层矣。“神味”之此种“现实性”赋予其理论之核心以独特限定之思想精神意蕴,即以“豪放”之精神为根本,突破、超越旧事物僵化、保守、腐朽、落后之礼法制度、技艺规律之束缚,以人为最第一之价值而反非是或为障碍者,前进之途中彰显“无我之上之有我之境”之提升、冲突、曲折之历程及自我本身生命、思想精神之高华灿烂、磅礴伟美,凡与此相关者皆可能而致“神味”之境界,若“典型”则并无独特限定之思想精神意蕴[1]，凡合其式者皆可称“典型”，故“神味”之于“典型”，譬犹“道”之于“技”也。[2] 故“典型”必需作品文本之相当长之容量，而见为“神味”艺术境界之作品文本，则可长可短，根本在其所表见之思想精神意蕴及表出之“技”之如何，但愈长而容量大者，益具更为磅礴伟美之可能耳。如是而言，即“典型”之层次、境界尚不如“神味”，两者同为“将有限(或局部)最佳化”之创构方式高级艺术境界，而“神味”更比“典型”高焉。就两者之难易程度而言，则均极难，所不同者，趋指于“神味”之作品文本之成功概率，则高于“典型”之建构。“意境”亦然，其终极质量之关键决于吾国传统文化思想熏染之文人、士大夫精英阶层以“雅正”为主之思想、意识、趣味之共性形上意蕴，最终亦指向共性而非个性，故王国维“境界”说以“无我之境”为最高境界，而其内在根本之哲学意蕴，则

① “意境”虽以保守、僵化、过时、落后、消极、柔弱之吾国传统文化思想为其思想精神之意蕴，然毕竟亦具独特之思想精神意蕴，“神味”则更不必论矣，若“典型”则无此品性也。审美理想之根本性质为某一深具“理想性”之思想精神之寄托于美之领域者，由此严格言之，“典型”本非审美理想之理论形态也。

② 前文所言“典型”趋于“共性高于个性”之特质，亦可由此处所言得一体会，即“个性”非仅泛泛之“个性”层次，而必须“个性”之中具独特之思想精神特质，且为作者所极崇尚者，乃始可谓之真正之“个性”。

消极、柔弱、平和、超逸之“天人合一”者也；何况此种之共性形上意蕴之在古代已非最高境界，20 世纪以后则更非吾国文化思想、文艺之最高追求之主流者矣。故“典型”之以“人物形象（性格）”为核心，虽“典型”而非“类型”，然“典型”之在一时代，较之“类型”而更少，故虽以深广之无限丰富、复杂、深刻之世俗之现实世界为依托、终极关键，且具不可复之优点而非若“意象”之可复，一时代之期限内亦不允许可复，然其单调已然决定一时代之文艺之能臻于最高境界者甚寡，未若“神味”之丰富、复杂、深刻，可见之诸多无限之个体，但能至于“无我之上之有我之境”之“神味”之境界，则无不可，由此可使一时代之文艺之最高境界，有若百花之灿烂烂漫，如释氏所言之三千大千世界，可使主体均达致其自我之最高境界，而其最终质量之高下参差，则依据“神味”之境界所达致之程度（即趋于“磅礴伟美”者，具体标准如“九度”）判定也。

总之，“神味”说乃吾国之古之维度上“意境”理论、吾国之外之维度上“典型”理论而外之新审美理想理论体系①，可

---

① “神味”之为审美理想，其内涵、涵盖面均广于“典型”，故“典型”可谓审美理想之一部分，而非其全部。以是而论，“典型”之为“技”之层次，可整体以其优长纳入“神味”说新审美理想理论体系也。

横跨抒情、叙事、哲理之三领域，叙事、哲理之领域不必多论，即其所兼容之抒情领域，但主体能臻致“无我之上之有我之境”——此种境界之达致，须主体历经世俗之现实世界之社会民生之濡染，而具真正自我之思想精神，然后其所抒发之情感乃气势沛然，内蕴深厚磅礴——即能臻致“神味”之境界。“神味”一义之为新审美理想，非但其普适性最强，“现实性”最烈，且为文艺之最高境界而高于“意境”、“典型”也。

上述诸义，唯统观之而后可略得“神味”说之所以也，然此犹然“神味”说理论体系之大纲，相关阐释，可自《诗词曲学谈艺录》卷一诸则而得细致之体会，其他诸卷亦有具体零散之阐释；而若欲于上述“神味”一旨诸要义更有真切而鲜明、系统而全面之体悟，则非合观拙作《元曲正义》《论意境》《论豪放》《论“神味”》①《王国维〈人间词话〉评说》《诸二十四诗品》不办，其他如《聂绀弩旧体诗

① 《论“神味”》一书撰于2015年，全名为《论“神味”——旨在超越“意境”的新审美理想理论体系建构与阐释》或《“神味”说新审美理想理论体系建构与阐释》《中国“本土化”文论话语体系建构：论神味》（尚未最终定名），为“神味”说新审美理想理论体系建构、阐释之整合，尚未出版。此书足以体悟“神味”说理论，然所以形成此一理论体系之其他方面之学术探讨、研究，及相关之若干理论问题之探讨，则限于篇幅，此书未能关涉，必待观诸其他诸作而后可也。

研究》《论语我说》《稼轩词选笺评》《“神味”说理论体系文本例证:〈阿Q正传〉评点》《张若虚〈春江花月夜〉研究》诸作,亦辅翼之。至若“神味”说之既具吾国传统文论阐释之“悟性思维”(以核心为主之发散性与立体网状逻辑结构之结合)品性,又不无借鉴西方哲学之严密逻辑者,诸义之间相互纠缠、补充,则或唯通人之能为解人也。所大幸者,吾国20世纪以来之文艺已然以“神味”为最高最上之主流追求,西方文艺亦然,此其最根本、现实之基础,况乎国家、学界渴求“本土化”品性之文论话语体系之呼声日高、共识日益,余何忧哉,唯待吾国突破、超越传统文化思想之新文化思想得以建构、确立耳——此一历史进程虽或漫长,然恰为以“神味”为最高最上之审美理想追求之文艺之助力,其间以“神味”为最胜之经典作品文本,必将如雨后春笋也。余倾毕生最佳之青春时段、凝集生命力之所有以为此理论学说,乃思想精神、整个生命存在之所寄,为安身立命最佳之所在,其之于我之意义,岂仅在传布广狭久暂而已矣也哉!① 夫一思想、学说之传布,其时不时、遇不遇,根本制约于主体、阶层、集团之思

① 自2011年出版《诗词曲学谈艺录》以来之数年间,“神味”说理论体系相关成果之评论已有十余篇,长篇研究论文一。

想所决定之价值观，其思想所决定之价值观又根本决定于世俗之现实世界之利益及其利益之格局，故利益阵营不同，鲜有价值观而能同者；苟吾国以儒家思想为主之传统文化思想（旧思想）所熏染、影响、主导形成之现实社会之利益格局一日而不根本破除，其思想、价值观则一日而难根本转变，强之无益也，余四十年之人生历程足以看透此点，故但为其事而已耳，事外之事，无心亦无力以作为之，故“神味”说理论传布之广狭久暂也，一任之而已矣！①

2004 年秋于成我初稿撰于故乡山东平度之红禅室

2007 年夏修订于济南之我见青山多妩媚斋

2014 年春重订于宁夏固原之晚生王静安一百年斋

2016 年暑中定稿于山东平度之我善养吾浩然之气斋

---

① 余自 2004 年以迄 2016 年先后作“神味”说理论体系要义萃论之 6 版本，罔不因其学说、思想之表述以悟性思维为根本性质也。自 1999 年《诗词曲学谈艺录》初稿完成“神味”说理论体系之建构、阐释而后，尚梓行《聂绀弩旧体诗研究》《诸二十四诗品》《稼轩词选笺评》《元曲正义》诸作，若悟性思维发达，则此数作足以体悟“神味”说之一新审美理想理论体系；其后又续作为其他著作者，无非为借其阐释之延展而扩大其影响力，以弥补所处平台之于学说、思想传布不利之局限耳。惜乎国人既乐于以西方文论话语体系为邯郸学步之举，又隔膜于创作，故悟性思维多不发达，且世风浮躁，学术圈子利益攸关，殊少体认他人学说、思想之兴趣，无论沉潜涵咏其中矣！故为此要义萃论，其无奈者甚矣；又为《论“神味”》一著，其无奈者极矣！

附录 ▼

附录一　《“神味”说新审美理想理论体系要义萃论》旧版本

附录二　“新文化主义思想”宣言

附录三　价值本体论哲学纲要

附录四　相关著作简目

附录五　“神味”说理论体系相关成果的学界评价、研究主要文章目录

附录一 《"神味"说新审美理想理论体系要义萃论》旧版本

"神味"说新审美理想理论体系之建构、阐释基本完成，即以突破、超越吾国传统文艺之旧审美理想"意境"理论为根本宗旨，并具备复杂、系统之自成体系理论征态而与"意境"理论明显区别则在1998年，其后不断丰富、延展，见于他著，而为便读者体悟其说，乃自2004年至2016年撰为要义萃论，先后凡6版本。今以完成时间为序，由简至繁，附录其前5种版本或其版本信息于此，亦可见"神味"说理论体系建构、阐释之历史轨迹也。相关信息如下：

一

余以"神味"说一旨论聂诗，不可不使读者稍知其义

旨也,《红禅室曲话·三一》①综其要义,兹亦录于此焉:

一、兼静态而以动态美为主,其最高之姿态为泼辣烂漫,以此为切入现实世界之契机(虚实互生,以实为主。虚所以提升提炼实而得其精华,以入于更高境界之实)。

二、“神味”重内美,而重人格境界、思想境界、精神境界,此与意境美大异。

三、人物或人物形象之最高境界:无我之上之有我之境。此一境界由进王静安之“有我之境”与“无我之境”而得。

四、“神味”说之三要素:事、意、细节。而以性情一之;性情尤重朴素,由天真而至烂漫,得人间之情味而至泼辣、豪放。

五、“神味”之内质:豪放之境界。

六、“神味”之本质特征:不可复(性情、细节)。意境则多复而大同小异,此由“情”“景”易单调故也,而唐以后之诗史足以证之。

---

① 此“神味”说诗学理论要义集萃之版本录自2004年冬完成之《论聂绀弩诗》,明言“神味”说之要义录自《红禅室曲话》,此书后易名《嫁笛聘箫楼曲话》,2002年至2005年撰并修订,则综合读研诸情形,此要义应完成于2004年左右。——笔者按:《红禅室曲话》最终定名《元曲正义》,“神味”说理论体系要义萃论之首版本居第三十则。

七、"神味"创造之法:由大俗而臻大雅,其境界为平凡而造伟美。

八、三境界之别:艺术以灵动为特色,人生以意境(尚淡远超逸)为特色,文学以神味("神"为物之极,味为人之极)为特色。

九、"神味"为杂多融一之美,以天真烂漫、淋漓尽致为外在最高之表现形态。"神"为一物之极致,"味"为多物或人与物和合之极致。

一〇、比喻:意境如王士祯所言之龙,云中只露一鳞一爪;神为如张僧繇之画龙点睛。意境如鲲鹏乘风,神味如凤凰涅槃。

一一、意境以写意为极致,神味以豪放为极致。

一二、意境典范代表之作如李易安之《一剪梅》("红藕香残玉簟秋");神味典范之作如《挂枝儿》("我侬两个忒煞情多")。

一三、"神味"说之目的:理论上为突破意境,故文学上为促使开一新境界而别造兴盛,人生则为人而以人为最无价之价值也。

一四、意境,由有限以求无限也;神味,则是将有限最佳化也。

一五、意境以兴象为中心，神味以细节为中心。①

二

“神味”、“意境”（以王国维之“境界”为最高形态）二义，余尝论其异而得数端者焉，而综“神味”一旨之要义②若干，其次如下：

一、“神味”兼静态而以动态美为主，其最高之姿态为泼辣烂漫，以此为切入现实世界之契机（虚实互生，以实为主。虚所以提升提炼实而得其精华，以入于更高境界之实）。此一动静非形式上者，而由精神主之者也。形式上之动仅得活泼之韵致风神，精神上者则得灵媚闳美，皆我之人格境界、思想境界、精神境界之所注者也。

二、“神味”重内美，而重人格境界、思想境界、精神境界，此与“意境”美大异。“意境”之哲学基础为“天人合

① 此一要义萃论之初版本，乃简概自《诗词曲学谈艺录》一书初版本《红禅室诗词丛话》（完成于1999年，文言30万字，后精删为4万字，又增写至12万字，印行于2001年3月）所建构、阐释之“神味”说诗学理论体系者。此要义萃论之初版本及《红禅室诗词丛话》，均可证2000年以前“神味”说理论已然基本完成理论体系之建构，而毫无疑义也。此外，至今保存之旧稿尚有《论“神味”说》长文，文末所署时间为“庚辰之春”，此文系纲要式论述，理论体系之规模亦可见矣。

② 此“神味”说诗学理论要义集萃之版本最终见之2011年12月齐鲁书社出版之《诗词曲学谈艺录》卷一之五三则（第103－106页），据相关资料，其完成时间至迟为2007年5月。

一”,诗学基础为“中和”之美,但得其偏于消极静态柔弱者;“神味”则以此为非是终境,而最终以人主之而见人之主体性精神,而得“中和”之美之偏于积极刚健动态者,并兼有“意境”之长者也。唯是之故,豪放词乃能兼有婉约词之长,而反是则不然也。

三、人或人物形象及其存在之最高境界:“无我之上之有我之境”。此一境界由进王国维之“有我之境”与“无我之境”而得。传神合消极之“我”(可能为“大我”)为意境,而传神合积极之“大我”(即“无我之上之有我”)为“神味”。欲至于“大我”之境界,必以非功利之态度对人而以人为第一位之价值而后可得也。

四、“神味”说之三要素:事、意、细节,而以性情一之;性情尤重朴素,由天真而至烂漫,得人间“大我”之情味而至泼辣、豪放。若无性情中之朴素天真,断不能至于豪放泼辣之境界也。

五、“神味”之内质:豪放之精神境界。“意境”以写意为极致,“神味”以豪放为极致。“意境”以“兴象”为中心、以情景为中心,“神味”以“细节”为中心、以人之主体性精神为中心。

六、“神味”之本质特征:不可复(性情、细节)。“意境”则多复而大同小异，此由“情”“景”易单调故也，而唐以后之诗史足以证之。“神味”之“味”，特指“无我之上之有我之境”经于世俗而后得者，故其性无二，而不可复也。

七、“神味”创造之理想：由大俗而臻大雅，其境界为平凡而造伟美，闳大深情，不可方物，不可思议。非独如审美，可以闲淡之姿态心神以观佳人，而是和合真、善、美三者，若睹佳人而当下呆立，魂灵出窍，得大受用也。

八、三境界之别：艺术以灵动为特色，人生以“意境”（尚淡远闲逸）为特色，文学以神味（“神”为物之极，“味”为人之极）为特色。文学亦艺术之一，而含未实现之人生，故最全面而深刻，深具理想之色彩也。

九、“神味”为杂多融一之美，以天真烂漫、淋漓尽致为外在最高之表现形态。“神”为一物之极致，“味”为多物或人与物和合之极致。“神”之最高义在于性情之神，“味”之最高义在于以人为最无价最第一之价值之境界而得之“味”。

十、比喻：“意境”如王士禛所言之龙，云中只露一鳞一爪；“神味”如张僧繇之画龙点睛。“意境”如鲲鹏乘风，“神味”如凤凰涅槃。“意境”如水中之盐味、蛹中之蝶，“神味”如蜜中之花、火中之凤。

十一、“意境”典范代表之作如李易安之《一剪梅》（“红藕香残玉簟秋”），其稍巨者则如张若虚之《春江花月夜》；“神味”典范之作如《挂枝儿》（“我侬两个忒煞情多”），其闳大者则如关汉卿之《赵盼儿风月救风尘》、《感天动地窦娥冤》。

十二、“神味”说之目的：理论上为突破“意境”，故文学上为促使开一新境界而别造兴盛，人生则为人而以人为最无价之价值、以人为第一位之价值也。以人为最第一之价值，非以人为中心，而抹杀其他一切诸价值者也。

十三、创造之法之异：“意境”，由有限以求无限，故其所求之“大我”仍为个体之“小我”，为形式上之“大我”也；“神味”，则是将有限最佳化，故其所求之“大我”乃是“无我之上之有我”，由世俗之社会民生锻炼而来者也。

十四、王静安之“不隔”，乃就情景以言，此特小事耳，已隔一层，此断不能至于“无我之上之有我之境”，而身之融入现实世俗世界，而后有感情境界，而后有人格境界、思想境界、精神境界，亦即大俗之境界，豪放之境界，此真不隔也。“不隔”之义，用之未必能至于“大我”之境界即“无我之上之有我之境”，而无之必不能至于“大我”之境界者也。

十五、“意境”以陶渊明所造之境界为最高境界，而“神味”则以辛稼轩所造之境界为最高境界，而无论其文学之境界也，无论其人格境界、思想境界、精神境界也。以文学境界论，李杜自居最第一，而其人格境界比之辛稼轩尚有所稍逊，况辛稼轩之文学境界足以高于陶渊明，故以辛稼轩对待陶渊明也。

十六、“意境”之总体氛围为优美，特以抒情诗为其范围；“神味”之总体氛围则为偏于壮美而兼优美，抒情、叙事皆总有之而不分你我，而鉴于吾国抒情诗特已发达之甚之事实，故今后其寄托特在叙事诗一体。故“意境”一情景为内外，而“神味”则内则以“豪放”之精神，外则以“细节”见也。

十七、由言不尽意至于求象外之象、味外之味、意外之旨，而加以吾国文化精神中中和之消极柔弱，此“意境”之实质，虽王静安之“境界”说，亦不过如此，此特为“技”之境界耳，是守成之境界也；若由之而更进，得中和之积极阳刚，由之以见人之主体精神即动之精神，以为融入现实世俗世界之契机，则创造之境界遂可期，是“神味”一旨之精神也。

十八、“意境”者审美鉴赏之理论也，其非不能于创造美也，而审美鉴赏是其最适于用者也，审美鉴赏之境界是其所求所赏也；“神味”则审美鉴赏而兼创造美之理论也，而创造精神为其内核，以“豪放”之本质即为不受拘束于业已僵化而丧失生机之礼法制度、法则规范也。故“意境”用于古则可，用于今后而有以进益文学创作，则非是第一义矣。

十九、“意境”之最终目的为由文学而及人生，“神味”之最终目的则由文学而及人。为人生，则不无现实功利之影响；为人，则是以人为第一位之价值也，为成就人也。近世西人大崇个性，故以群性为指归之“崇高”得大兴起，吾国自汉代后即大崇群性而乏个性，故豪放得造极于元人粗略之治。豪放者，由群性成就个性之具者也，故近世西人所大崇举之“崇高”之境界，唯由“豪放”而可得瓜葛，若准之吾国，则豪放是其出头地也。

统观诸义，可略得“神味”说之所以也，而若欲于上述“神味”一旨诸要义有真切而鲜明之体悟，则非合观拙作《嫁笛聘箫楼曲话》、《〈人间词话〉评说》、《诸二十四诗品》不办也。

三

“神味”说理论体系要义萃论之第3种版本详见《诸

二十四诗品》卷上，第 4 种版本详见《中国美学研究》第五辑等处，均在 2 万字以上，与本书主体内容重复近三之一，故不再载录。第 4 种版本之后，又有以《新审美理想高度下的当代中国“本土化”文论话语体系建构——“神味”说诗学理论要义萃论》为名提交为 2015 年 10 月 23 日至 27 日在武汉召开、由中国中外文艺理论学会主办、湖北大学文学院承办之中国中外文艺理论学会第十二届年会暨“当代中国文论的话语体系建构”学术研讨会之论文之版本，因与第 4 种版本差别不大，且未正式发表，故亦不录。

附录二　“新文化主义思想”宣言

“新文化主义思想”正式创立，兹宣言如下：

一、文化是人类文明最高级的成果，是人类发展质量的最高评价标准。在当今中西世界皆以经济（利益）为社会发展核心的背景下，提倡以文化发展为核心，追求文化、追求更为高级的思想、精神境界和生存、生活境界，乃是人类社会发展整体趋于优化的最佳路径，此即新文化主义的根本宗旨和目的。过去一切与此相悖的人类社会发展思想，均谓之旧文化主义或非文化主义。新文化主义思想不是一种文化思想，而是一种人类社会发展思想，其在文化层面的思想体现为对于人的生存生活的哲学思考，核心为价值取向。

二、新文化主义以素朴、简单为根本核心理念，重视追求精神境界超过物质境界。新文化主义只有在人类社会发展到一定阶段，人类的生存较为优裕之时，才会有充分施展的时空，但这并不意味着在未达到此一阶段的人类社会发展史上，不可以出现新文化主义的生存生活方式和终极追求。新文化主义提倡休闲，即从偏重于物质境界（经济利益及相关的权势、地位等）的追求中将自我解放出来，以投入更多时间更大精力追求新文化主义提倡的生活。

三、新文化主义的思想基石是人的自我成就，是人根据现实的一切条件、因素通过自我努力的实现，但不是依靠任何现实功利性（权势、地位、关系、利益等）的实现，并以个体的自我实现优化、整合整个人类社会的发展。因此，新文化主义提倡“以人为最第一之价值”，即一切生存生活活动、行为无不指向和有利于人的生存生活，但“以人为最第一之价值”并不是人类中心主义。

四、新文化主义倡导在“以人为最第一之价值”的前提下，以平等为人类社会的最高价值，也只有平等，才能彻底打破以经济为核心的一切现实条件、因素所导致的人与人之间现实上的不平等的态势，打破当今人类社会发展的不良态势，真正实现人的自由和独立，并因对于新文化主义所提倡的生活的高级追求，而彰显个体的尊严，以及优化、整合整个人类的力量，不断冲顶人类本身的极限，尽最大可能削减人类自身的“内耗”，为人类社会延伸到太空（宇宙）凝聚力量，做好准备，打好基础。因此，新文化主义的理论背景、视野根本面向、关注整个人类社会的发展，而不考虑狭隘的民族性、国家性、人种性等局部问题。即使整个人类社会的发展并非一帆风顺，作为个体，仍然可以恪守新文化主义思想的核心要义，即恪守朴素、简单的生存生活方式，完成自我的实现。

五、在中国文化范围之内，新文化主义思想的根本目标是要争取在较长一段时期内在整体上系统地突破、超越以儒道释（尤其儒家）三家思想为主的中国传统文化思想的最高境界，为建立中华民族未来的新文化思想而努力，而不是局部的、点或面的、细节的突破或超越，后者对于全局而言意义不大；并使此种突破、超越的意识成为中国人之常识。若不整体上系统地突破、超越中国传统文化思想的最高境界，则新文化思想终得不到真正建立、确立，故新文化思想之建构，必在整体上系统地突破、超越中国传统文化的最高境界，确立新文化思想突破、超越中国传统文化思想最高境界的更高之点、境界，然后才有可能论及对于中国传统文化的批判性继承。未建立新文化思想突破、超越中国传统文化思想最高境界的更高之点、境界之前,一切所谓的“批判地继承”不能真正地批判,也不能真正地继承其优长。中国传统文化思想中的优长,一定是将来被新文化思想这一新事物、新“肌体”所能成功有效吸收的那些因素,而不是在新文化思想未得建构、确立之前,试图从中国传统文化思想中剥离出来的所谓的优长。对于中国传统文化思想的批判继承,其作为中华民族未来若干年之内的社会历史任务,比之任何政治、经济、文化、民族等方面的改革、发展、变化都更为重要,更为迫切。①

① 《“新文化主义思想”宣言》一文,撰写于2014年6月26日。

附录三 价值本体论哲学纲要

本体论之最高层次,应为价值本体论,专之于人,更应为价值本体论。价值本体论者,探究人之本质问题,并力求解决之于现实世界之哲学思想(形态);西人虽有类似名号、思想,然此则有其独立之意蕴、思想。“价值本体论”之基本要点,如下:

一、人虽生于宇宙自然,然与宇宙自然不同,故宇宙自然人生之本体论,当别而论之。宇宙自然无所谓价值之判定,尤其无所谓终极价值、最高价值之判定,人则其生命存在之终极意义必为价值之评判,必以价值为之,人若无价值,则等于宇宙自然之本体层次,是为退化、低级之境界。

二、人之生命存在之珍贵,在其虽短暂而可创造、实现其价值,故人之本体应为一“过程”,而非某种既定之本体,如此乃可见人较之于宇宙自然之不同之主观能动性。古今物质与精神之辨、中国传统哲学之"道"、"易"、阴阳论、理气论、体用论等,均不能解决此一问题,只能解决(阐释)宇宙自然之本体问题,且多虚拟之性质(即科学尚未探明宇宙自然、人之发生之前,一切类似之本体论均为虚拟之性质),故其现实性非最具现实性者。西人之反本体论者,如存在主义哲学,探究存在之何以可能,虽涉价值论,而仍在较低之层次(如"存在先于本质"论),且蕴含反本体论而终究仍为本体论之不可调节之内在矛盾。

三、本体之"本",不应理解为"本原"(本源)之类,而应为动态不断提升之人之最高成就、最高价值(境界、神味),生命不止,本体不就。故"价值本体论"以未来为根本视域,即人之本体(本质)不在既往、当下,而在未来。而古今中外既有之哲学思想,则主要以既往为根本视域(含关注当下之应有之义),不知未来乃最具现实性之现实性。故"价值本体论"可令人不断追寻自我之最高境界,不断提升自我,此即"神味"说理论以"无我之上之有我之境"为主体之最高境界之根本原因。如此,则人之最高价值、成就虽不同,而各可追寻其自我之最高价值、成就,故此奠定人人均有其价值、成就之普遍哲学基础。而人之一生，其最高价值未必见之于其生命终结之时，如其生命之最高峰(巅峰)或见之其人生之某一阶段，此亦属寻常，故"价值本体论"除盖棺论定之思路外，尚强调回视之人生态度，即人之快乐不在于达致何种极高之境界，而在达致后之回视与自足性满足。价值本体论强调始终以思想精神之成就、提升为其生命存在之根本核心，而非其他一切诸外在之因素如名利、权势、富贵之类，即此种外在之因素虽非必然尽然为价值本体论所摒弃、排斥，然却不以此类因素之成就为真正之人生价值，非本体层次之价值。即物质财富、名利权势诸一切外在之因素本身并无价值(如宇宙自然本身)，唯有用之于人(社会民生)，因之得以成就、强化人之生命存在之价值，乃有价值。故价值本体论即转变此类本身无价值之外在因素为有价值，转变人之生命存在由非本体论层次之作为转变为本体论层次之过程。

四、价值本体论以人为最第一之价值(然非人类中心论)，此即其最高价值，为一切诸价值之根本、核心。价值本体论之哲学思想，简而言之，即人如何以其短暂之一生，实现其最大价值之根本问题、现实问题。"价值本体论"哲学反对消极、柔弱乃至中和之"天人合一""物我合一”思想，转变、突破、超越但仍兼有其长之“以有限追求无限”之根本思维方式为“将有限（或局部）最佳化），强调人之为主体，逐次实现“有我之境”、“无我之境”、“无我之上之有我之境”之提升、成就，强调提升、成就自我之根本、关键为无限丰富、复杂、深刻之世俗之现实世界，凝练其所有之意蕴寄托为“细节”，整合为“无我之上之有我”，是为人之生命存在最佳境界之“神味”。此种思想强调人之生命存在之价值、质量不在碌碌无为，而逐于名利，淹没于世俗之繁杂事务之中，而重视人生历程中之若干“细节”（以“九度”为平衡之标准：密度、强度、深度、浓度、厚度、力度、广度、高度、色度）之成就、寄托，焕发人之生命之辉光。以“细节”成就之“无我之上之有我之境”，以“深闳伟美、大气磅礴”为最高境界，即主体始终以其生命之“细节”而造为无限洋溢磅礴之境界，以不断攀高其生命存在之最高价值。

五、价值本体论哲学之终极思想（形态），即“新文化主义”思想。①

① 本纲要撰写于2014年10月12日。

附录四 相关著作简目

一、学术著作

(一)已出版学术专著

1.《红禅室诗词丛话》[1],文言18万字,中国文联出版社2001年版。

2.《诗词曲学谈艺录》,代表作,文言36万字,齐鲁书社2011年版,2012年10月重印。

3.《聂绀弩旧体诗研究》,代表作,文言32万字,四川大学出版社2012年版。

---

① 此书为《诗词曲学谈艺录》初版本之一,其初版本先后曾命名为《梅斋词话》《梅斋诗词丛话》《红禅室诗词丛话》《沧海诗话》等;其中《梅斋诗词丛话》分为甲乙丙丁戊己六稿,凡30余万字,为节缩资金出版,精简为4万字,又增写至12万字(18万字乃以出版后之印数而言者),分为甲乙两稿。精简、增写之后,"神味"说理论体系之建构、阐释之在形式上之逻辑性益以凸显。

4.《〈漱玉词〉评说》，文言20万字，阳光出版社2013年版。

5.《诸二十四诗品》，文言25万字，阳光出版社2014年版（内含2014年春完成之《“神味”说诗学理论要义集萃》2.5万字长文）。

6.《稼轩词选笺评》，文言26万字，阳光出版社2015年版。

7.《中国美学三十年》①，副主编，撰写古代美学研究部分30万字，济南出版社2010年版。

8.《论豪放》，代表作，在同名博士论文基础上增加一章而成，白话56万字，台湾花木兰文化出版社2018年版。

9.《元曲正义》②，代表作，文言26万字，台湾花木兰文化出版社2018年版。

10.《张若虚〈春江花月夜〉研究》，白话27万字。

（二）已完成尚未出版学术专著

① 在《中国美学三十年》第四章第一节《以超越“意境”为视界重建中国现代审美理想的研究取向》中，笔者介绍了“神味”说新审美理想理论（济南出版社2010年版，第614－618页）。

② 此书最初名《红禅室曲话》，后又曾名《嫁笛聘箫楼曲话》。以撰写之时间之先后言，此书为《诗词曲学谈艺录》《金庸小说诗学研究》两著之后之第三作。

1.《论“神味”》[1],代表作,白话90万字。

2.《论意境》,代表作,白话70万字。

3.《王国维〈人间词话〉评说》,代表作,文言55万字。

4.《王国维〈人间词〉评说》,文言10万字。

5.《王之涣诗歌研究》,代表作,白话18万字。

6.《论语我说》,代表作,文言15万字。

7.《“神味”说理论体系文本例证:〈阿Q正传〉评点》,文言12万字。

8.《二十四诗品解说》,白话36万字。

9.《唐宋词选笺评》,文言12万字。

10.《金庸小说诗学研究》,文言18万字。

11.《历代诗话词话选评》,文言10万字。

12.《蕙风词话评点》,文言12万字。

13.《否庵诗词札记》,文言8万字。

(三)其他已完成尚未出版著作

1.《否庵旧体诗集》,旧体诗词集,收录诗词200首左右。

---

① 此书或又名《中国“本土化”文论话语体系建构:论神味》《“神味”说新审美理想理论体系建构与阐释》《旨在超越“意境”的新审美理想理论体系建构与阐释》,因尚未出版,尚未最终定名。

2.《嫁笛聘箫集》,白话30万字,散文集。

3.《"超我"斋艺术萃言》,文言8万字,文艺评论论文集。

4.《碧禅居古文集》,文言12万字,古文集。

5.《元曲通说》,白话15万字,通俗类学术著作。

6.《宋词通说》,白话12万字,通俗类学术著作。

二、论文(仅录代表作)

(一)已发表论文代表作

1.《后二十四诗品》①,载《山东文学》2009年第8期,第64-65页。

2.《新二十四诗品》②,载《宁夏师范学院学报》2011年第2期,第24-27页。

3.《论〈聊斋志异〉文本语言并非上乘》,《宁夏师范学院学报》2013年第2期,第14-21页。

4.《李清照〈词论〉浅论》,载《漱玉词评说》,阳光出

---

① 此文发表时有数误字,标准版本见《诗词曲学谈艺录》卷四所录者。

② 此为《诸二十四诗品》所含7次续作唐人《二十四诗品》之最先之作,据创作时间,7次续作依次为:《新二十四诗品》《后二十四诗品》《续二十四诗品》《补二十四诗品》《终二十四诗品》《赘二十四诗品》《半二十四诗品》。其中《新二十四诗品》《赘二十四诗品》与"神味"说理论体系之建构、阐释最近密相关,前者最富理论性,后者乃以"豪放"为核心范畴而演绎"壮美"风格之诸范畴者;《终二十四诗品》则最富作者之主体性气质。

版社 2013 年版,第 109 – 126 页。

5.《是谁,躲在历史阴暗角落里冷笑?——李清照〈投翰林学士綦崇礼启〉及其改嫁问题合理性之探讨》(文言文),载《漱玉词评说》,阳光出版社 2013 年版,第 127 – 139 页。

6.《新审美理想理论体系建构——"神味"说诗学理论要义萃论》(文言文)①,发表于朱志荣主编的《中国美学研究(第五辑)》,商务印书馆 2015 年 6 月版,第 118 – 142 页。

7.《史春堂先生绘画美学品性析论》(文言文),发表于朱志荣主编的《中国美学研究》(第七辑),商务印书馆 2016 年 6 月版,第 312 – 319 页。

8.《论聂绀弩诗》(文言文),《心潮诗词评论》2016 年第 5 期,第 14 – 20 页。

9.《论元曲并非以"意境"为最胜》,《宁夏师范学院学报》2017 年第 2 期,第 32 – 39 页。

10.《以"问题"为切入点建构当代文论话语体系——

① 此文编排有误处一,可就其摘要参《诸二十四诗品》卷上所附录版本。此两者已均非"神味"说理论体系要义萃论之最终版本,然就论文代表作而言,则意义重大,故列之焉,特此说明。

以“神味”说新审美理想理论体系建构的逻辑理路为例》，《中外文论》2016年第2期，中国社会科学出版社2017年1月版，第69－81页。

（二）未发表论文代表作

1.《当代文艺审美理想更新的必要——从“无我之境”并非中国文艺的最高境界谈起》。

2.《论“无我之上之有我之境”对王国维“无我之境”的突破——“神味”说理论体系建构的思想意蕴与逻辑切入口》。

3.《论作为“神味”说新审美理想理论体系理论要素的“细节”》。

4.《散曲高于剧曲吗？——当代散曲研究中存在的一个重大问题》。

5.《论顾祖钊“典型”、“意境”、“意象”三元艺术至境观的思想逻辑错误》。

6.《以爱情和反封建礼教的名义——论〈西厢记〉主题的双重悖论》。

7.《也论一个文本的战争——王国维〈人间词话〉终极版本问题之我见》。

附录五　“神味”说理论体系相关成果的学界评价、研究主要文章目录

自2011年由齐鲁书社出版《诗词曲学谈艺录》以来，迄今为止，学界有关“神味”说理论体系相关成果的文章已有十余篇，列目如下：

1. 汪洋：《恢宏审美理想之重建——于永森〈诗词曲学谈艺录〉评论》，《中国韵文学刊》2013年第2期。

2. 汪洋、刘怀荣：《勇于创新，自成体系，新、善而雅——略论于永森〈诗词曲学谈艺录〉一书审美理想的重建》，《宁夏师范学院学报》2013年第1期。

3. 尹祚鹏：《走出人生之小我，创造人生之大我——于永森〈诗词曲学谈艺录〉“神味”诗学理论探究》，载于永森《诸二十四诗品》，阳光出版社2014年版，第254－277页。

4. 邢永根:《“神味”说——中国诗学新丰碑》,载于永森《诸二十四诗品》,阳光出版社 2014 年版,第 282 - 289 页。

5. 李金坤:《独标高格“神味”美——于永森〈诸二十四诗品〉“神味”说诗学研究胜评》,《宁夏师范学院学报》2015 年第 2 期。

6. 孙齐鲁:《剑气温柔一并收——读于永森先生〈《漱玉词》评说〉及其诗词谈艺》,《宁夏师范学院学报》2014 年第 2 期。

7. 李广林:《〈《漱玉词》评说〉序》,载《〈漱玉词〉评说》,阳光出版社 2013 年版,第 1 - 5 页。

8. 高芊若:《〈诸二十四诗品〉序》,载于永森《诸二十四诗品》,阳光出版社 2014 年版,第 1 - 3 页。

9. 尹祚鹏:《〈诸二十四诗品〉序》,载于永森《诸二十四诗品》,阳光出版社 2014 年版,第 4 - 5 页。

10. 赵耀锋:《古色古香独树一帜——评于永森博士的大著〈诸二十四诗品〉》,《宁夏师范学院学报》2015 年第 2 期。

11. 常昭:《文本细读的经典个案——于永森〈《漱玉词》评说〉简评》,《宁夏师范学院学报》2014 年第 2 期。

12. 唐艺文:《"神味"说视野下的易安词——〈《漱玉词》评说〉读后》,《宁夏师范学院学报》2014 年第 2 期。

13. 尹祚鹏:《赤子情怀评壮词,丈夫意气且纵横——于永森先生〈稼轩词选笺评〉评析》,《宁夏师范学院学报》2016 年第 4 期。

14. 张钧:《以豪放臻致"神味"艺术境界的稼轩词——于永森〈稼轩词选笺评〉一书简评》,《宁夏师范学院学报》2016 年第 4 期。